레프 톨스토이의 친필 서명입니다.

오늘 하루, 톨스토이처럼

살면서 마주하는 질문들,
인류 지성들의 지혜로 답하다

오늘 하루,

톨스토이처럼

스타북스

레프 톨스토이 지음
이항재 옮김

머리말

1903년 1월, 레프 니콜라예비치 톨스토이는 중병에 걸려 평소 하던 일에 전념할 수 없게 되었을 때도 여전히 힘을 내어 복음서를 읽고 침실의 일력을 습관대로 매일 한 장씩 찢으면서 거기에 수록된 위대한 인물들의 금언을 읽었다. 그러다가 묵은해의 일력이 거의 동나자, 톨스토이는 매일의 읽을거리를 위해 여러 사상가의 저작에서 발췌한 것을 스스로 편집하고자 했다. 그는 병상에서 힘이 허락하는 한 사상가들과 성현들의 글을 발췌하여 그나름으로 이해하고 재해석하면서 자신의 언어와 문체로 하나하나 옮겼다. 독자들에게 선사하는 이 책은 바로 이러한 노력의 결실이다.

이 책에는 에픽테토스, 디오게네스, 마르쿠스 아우렐리우스, 소크라테스, 공자, 부처, 노자, 아리스토텔레스, 플라톤, 아우구스티누스와 더 현대적인 인물들인 파스칼, 루소, 스피노자, 루터, 보브나르그, 칸트, 실러, 벤담, 쇼펜하우어, 볼테르, 클링거, 새커리, 도스토옙스키, 빌맹, 러스킨 등등의 작가들과 현자들의 사상이 수록되어 있다.

중개인*, 1903년

---

* 톨스토이가 발의하여 설립한 러시아의 계몽 출판사(1884~1935). 톨스토이의 친구이자 제자인 블라디미르 체르트코프(1854~1936)가 운영을 맡았다. 민중들이 쉽게 구해서 읽을 수 있도록 주로 문학 및 교훈적인 책을 싼값으로 발행해서 보급했다.

차례

머리말 : **005**

1월 : **009**

2월 : **039**

3월 : **067**

4월 : **095**

5월 : **121**

6월 : **149**

7월 : **179**

8월 : **209**

9월 : **237**

10월 : **263**

11월 : **291**

12월 : **317**

옮긴이의 말 : **346**

오늘 하루, 톨스토이처럼

JANUARY

1월 1일

어느 해 겨울, 프란체스코*가 레프 아우와 함께 페루자**에서 포르치운쿨라***를 향해 걸어가고 있었다. 날씨가 너무 추워 그들은 한기를 느끼며 부들부들 떨었다. 프란체스코가 앞서서 걸어가는 레프를 불러 말했다.

"오, 레프 아우, 우리 형제가 성스러운 삶의 모범을 온 세상에 보여주면 좋겠네. 그러나 여기에 완전한 기쁨이 있는 건 아니라고 적어두게."

조금 더 가다가 프란체스코가 다시 레프를 불렀다.

"레프 아우, 만약 우리 형제가 병든 사람들을 고쳐주고, 악마들을 내쫓고, 눈먼 사람들의 눈을 뜨게 하고, 혹은 사흘 전에 죽은 사람들을 되살린다 해도 여기에 완전한 기쁨이 있는 건 아니라고 적어두게."

다시 한참을 가다가 프란체스코가 레프에게 말했다.

"레프 아우, 만약 우리 형제가 모든 언어와 모든 학문과 모든 성서를 안다고 해도, 또 우리가 미래에 대해 예언하고 양심과 영혼의 모든 비밀을 다 안다고 해도 여기에 완전한 기쁨이 있는 건 아니라고 다시 적어두게."

한참을 가다가 프란체스코가 다시 레프를 불러 말했다.

"하느님의 어린 양인 레프 형제, 만약 우리가 천사들의 언어로

---

* 본명은 지오반니 베르나르도네(1182~1226). 이탈리아 가톨릭교회의 성인이다. 아시시의 부유한 상인 집안에서 태어났으나 스물넷에 종교 생활을 시작하여 청빈과 전도를 실천했다. 1209년에 교황의 허가를 받아 청빈, 정결, 순명, 사랑의 실천을 목표로 내세운 프란체스코 수도회를 설립했다.
** 테베레강이 가로지르는 이탈리아 중부 움브리아주에 있는 도시.
*** 이탈리아의 아시시에 있는 조그만 성당. 아시시의 성자로 불리는 프란체스코는 초기에 11명의 형제와 함께 이 성당 주위에 움막을 치고 살면서 가난한 이들을 돌보았다.

말하는 법을 배우고, 별들의 운행을 알고, 땅의 모든 보물을 찾아내고, 또 새와 물고기와 온갖 동물, 사람들, 나무, 돌, 물 등등 생명의 모든 비밀을 안다고 해도 이것 역시 완전한 기쁨은 아니라고 적어두게."

다시 한참을 가다가 프란체스코가 또다시 레프 아우를 불러 말했다.

"만약 우리가 모든 이교도를 그리스도 신앙으로 돌아오게 할 수 있는 뛰어난 설교자라 해도 여기에 완전한 기쁨이 있는 건 아니라고 적어두게."

그러자 레프 아우가 프란체스코에게 말했다.

"프란체스코 형님, 그럼 완전한 기쁨은 무엇에 있나요?"

프란체스코가 대답했다.

"완전한 기쁨은 바로 여기에 있네. 우리가 진흙투성이에다 비에 흠뻑 젖고, 추위로 몸이 꽁꽁 얼고 굶주린 채로 포르치운쿨라에 도착해서 안으로 들여보내 달라고 부탁을 했는데, 문지기가 '뭐라고, 이 떠돌이들아, 네놈들은 세상을 빈둥빈둥 돌아다니며 백성들을 꼬드기고 가난한 사람들에게도 동냥을 비는구나. 여기서 썩 꺼져버려'라고 말하며 문을 열어주지 않았다고 하세. 이때 우리가 화내지 않고 겸손과 사랑하는 마음으로 '문지기가 옳다. 하느님이 문지기더러 우리를 그렇게 대하라고 시키신 것'이라고 생각하며, 온몸이 젖어 춥고 굶주렸으나 문지기에게 아무런 불평도 하지 않고 눈과 비를 맞으며 아침까지 기다리면 바로 그때에야 레프 아우, 완전한 기쁨이 찾아올 거네."

-레프 톨스토이

1월 2일

사람들은 자신과 무관한 외적인 일에 몰두할 때만 힘들어하고 불안해하며 흥분한다. 그럴 때 그들은 걱정스레 자문한다.

'난 무엇을 해야 하나?'

'무슨 일이 일어날까?'

'이 일로 어떤 일이 생길까?'

'이런저런 일로 어쩌지?'

자신과 관계없는 것을 걱정하는 사람들은 늘 이런 식이다.

반대로, 자신과 관련 있는 일에 몰두하면서 자기 인생이 자기 완성에 있다고 생각하는 사람은 이렇게 불안해하지 않는다. 만약 그가 진리를 지킬 수 있을지, 거짓에서 벗어날 수 있을지 걱정한다면 나는 이렇게 말하리라.

"안심하라. 너를 불안하게 하는 것은 바로 네 손안에 있다. 너의 생각과 행동만을 관찰하여 스스로 고치도록 열심히 노력하라. '무슨 일이 일어날까?' 생각하지 말라. 무슨 일이 일어나더라도 그것을 자신을 위한 교훈과 이익으로 바꾸어라."

그러나 만약 내가 불행과 싸우다가 죽는다면?

그러면 어떤가? 그런 경우, 너는 해야만 하는 일을 하다가 성실한 인간답게 죽는 것이다. 어차피 너는 죽을 것이다. 죽음은 네가 어떤 일을 하고 있더라도 반드시 찾아온다. 만약 내가 인간다운 일을 하고 있을 때, 모든 사람에게 유익한 좋은 일을 하고 있을 때 죽음이 날 찾아온다면, 혹은 내가 자신을 고치려고 노력하고 있을 때 죽음이 찾아온다면 나는 만족할 것이다. 그때 나는 신을 향해 두 손을 들어 올리고 이렇게 말할 수 있으리라.

"신이시여! 당신은, 제가 당신의 율법을 이해하기 위해 당신이 제게 주신 것을 얼마나 사용했는지 아실 겁니다. 제가 당신을 비난한 적이 있나요? 제가 의무 수행을 마다한 적이 있나요? 저에게 일어난 일에 대해 화를 냈나요? 저는 저의 출생에 대해, 당신이 주신 재능에 감사하고 있습니다. 저는 그 재능을 충분히 사용했습니다. 재능을 도로 가져가시고 당신이 원하시는 대로 처분하십시오. 그 재능은 당신 것이니까요!"

최상의 죽음이 있을 수 있을까? 최상의 죽음에 이르기 위해 너는 많은 것을 잃을 필요가 없다. 그러나 최상의 죽음으로 너는 많은 것을 얻을 것이다. 만약 네가 네 것이 아닌 것을 지키려고 한다면, 너는 반드시 그것을 잃을 것이다.

세상일에서 성공을 원하는 사람은 며칠 밤을 지새우고, 늘 바쁘고 분주하게 돌아다니며 힘 있는 사람들에게 아첨하면서 비열한 사람처럼 행동한다. 이런 사람은 그 모든 행동으로 결국 무엇을 얻었는가? 주위 사람들로부터 다소 존경을 받고 두려움의 대상이 되었으며, 책임자가 되어 어떤 행동을 하게 되었을 뿐이다. 정말로 너는 이 모든 걱정에서 벗어나고, 아무것도 두려워하지 않고, 그 어떤 것으로도 고통받지 않으면서 편안히 잠들기 위해 어떤 노력이든 하고 싶지 않은가? 그런 마음의 평온은 그냥 얻어지는 게 아니라는 걸 깨달아라.

-에픽테토스*

* 고대 로마의 스토아 철학자(55?~135?). 노예 신분이었으나 후에 자유의 몸이 되어 철학을 배워 많은 제자를 가르쳤다.

1월 3일

육체의 죽음으로 우리의 생명은 끝나는 것일까? 이것은 가장 중요한 문제다. 거의 모든 사람이 이 문제에 대해 생각한다. 영생을 믿느냐 믿지 않느냐에 따라 우리는 현명하게 행동하거나 어리석게 행동하게 된다. 모든 현명한 행동은 참다운 생명은 영원하다는 확신에서 나온다.

그러므로 우리가 맨 먼저 해야 하는 일은 인생에서 무엇이 영원한지 분석하고 이해하는 것이다. 어떤 사람들은 이것을 분명히 알려고 있는 힘을 다해 노력한다. 그들은 평생 이 일에 매달려야 한다는 것을 인정한다.

어떤 사람들은 영생을 의심하지만 그 의심을 진정 괴로워하면서 그것을 가장 큰 불행이라고 생각한다. 그들은 오직 진리를 알기 위해서는 아무것도 아까워하지 않으면서 끊임없이 진리를 찾고, 이것을 인생에서 가장 중요한 일로 생각한다.

그러나 이것에 대해 전혀 생각하지 않는 사람들도 있다. 자기 자신에 대한 그들의 무관심이 나를 놀라게 하고 화나게 하며 무섭게 한다.

-블레즈 파스칼*

---

* 프랑스의 기독교 사상가, 철학자, 수학자(1623~1662). 데카르트의 합리주의 철학과 이성적 종교를 반대하고 믿음을 강조했다. 저서에 《팡세》가 있다.

"너희가 심판을 받지 않으려거든 남을 심판 월 **4** 일
하지 말아라. 너희가 남을 심판하는 그 심
판으로 하느님께서 너희를 심판하실 것이요, 너희가 되질하여
주는 그 되로 너희에게 되어서 주실 것이다. 어찌하여 너는 남의
눈 속에 있는 티는 보면서 네 눈 속에 있는 들보는 깨닫지 못하
느냐? 네 눈 속에는 들보가 있는데, 어떻게 남에게 '네 눈에서 티
를 빼줄 테니 가만히 있거라' 할 수 있겠느냐? 위선자야, 먼저 네
눈에서 들보를 빼내어라. 그래야 네 눈이 잘 보여서 남의 눈 속에
있는 티를 빼줄 수 있을 것이다."

-마태복음 7장 1~5절

다른 사람들의 망상을 알아채기는 쉬우나 자신의 망상을 깨
닫기는 어렵다. 사기꾼이 주사위를 감추려고 애쓰듯이 사람들은
가까운 사람들의 실수는 밝혀내기 좋아하면서 자신의 실수는 감
춘다.

사람은 항상 다른 사람들을 비난하는 경향이 있다. 즉, 그는 다
른 사람들의 실수만을 본다. 그러나 그 자신의 욕망은 점점 더 커
져 정녕 자신의 잘못을 고치지는 못한다.

-부처의 가르침

자기와 가까운 사람의 입장에 서게 될 때까지 그를 판단하지
말라.

-탈무드

1월 5일

우리가 알고 있거나 원하면 알 수 있는 것이 하나 있다. 즉, 인간의 마음과 양심은 신성(神性)을 지니고 있으며, 악을 부정하고 선을 인정하는 인간 자신이 신성의 구현이라는 것이다. 또 사랑 속에서 기쁨을 느끼고, 증오 속에서 고통을 당하며, 불의를 보고 분노하고, 자기희생 속에서 영광을 느끼는 것은 인간이 최고의 주권자인 하느님과 합일되어 있다는 영원하고 명명백백한 증거이다.

인간이 더 낮은 생명의 세계를 지배할 수 있는 것은 크고 다양한 본능이나 육체적인 우월성이 아니라 바로 이 때문이다. 인간이 마음과 양심의 명령을 거부하거나 따르지 않으면, 하늘에 계신 아버지의 이름을 훼손하고 지상에서 그분의 이름을 거룩하게 하지 않는 것이다. 다시 말해 인간이 마음과 양심의 명령을 따르면, 그분의 이름을 거룩하게 하고 그분의 권능을 충만하게 받는다.

-존 러스킨*

---

* 영국의 미술 평론가이자 사회 사상가(1819~1900). 예술의 공리주의를 배척하고 이상주의를 주창했다. 후에는 노동문제와 사회 개혁에 관심을 기울였고, 많은 재산을 기부하여 노동자 휴게소를 만들기도 했다.

온 세상의 죄는 본질적으로 유다의 죄다. 사
람들은 자신의 그리스도를 불신하는 것이
아니라 그분을 팔고 있다.

1월 **6**일

-존 러스킨

믿음이 약한 사람은 다른 사람들의 마음속에 믿음을 불러일으
킬 수 없다.

-노자*

---

* 중국 춘추시대의 사상가. 도가(道家)의 시조로, 상식적인 인의와 도덕에 구애되지 않고
만물의 근원인 도에 따라 살 것을 역설하고, 무위자연(無爲自然)을 강조했다.

1월 7일　　　이성의 빛 속에서 살면서 이성을 따르는 사
　　　　　　　람은 삶의 절망적인 상황에 빠지지 않고, 양
심의 고통을 모르며, 고독을 두려워하지 않고, 요란한 모임을 찾
지 않는다. 그런 사람은 고결한 삶을 살면서 사람들로부터 달아
나지 않고 사람들을 뒤쫓아 다니지도 않는다. 또 자신의 정신이
육체의 껍질 속에 오랫동안 갇혀 있을지 어떨지를 생각하면서
당황하지도 않는다. 이런 사람의 행동은 항상 똑같고, 심지어 죽
음이 임박해서도 변하지 않는다. 이런 사람에게 한 가지 바람이
있다면, 사람들과 평화롭게 지내면서 이성적으로 사는 것이다.

-존 러스킨

경건하고 활동적인 사람들은 말한다.

1^월 **8**^일

"우리의 노년을 모욕하지 않은 우리의 젊음에 영광이 있으라."

회개하는 사람들은 말한다.

"우리의 젊음을 보상하는 우리의 노년에 영광이 있으라."

그러나 경건하고 활동적인 사람들도, 회개하는 사람들도 이렇게 말한다.

"죄 없는 사람이나 죄지은 사람이나 모두 행복하기를! 회개하라. 잘못을 고쳐라. 그리하면 너희는 용서받을 것이다."

-탈무드

1^월 **9**^일

발꿈치로 서면 오래 서 있을 수 없다. 자신을 내세우는 사람은 오히려 밝게 빛날 수 없다. 스스로 만족하는 사람은 영광을 받을 수 없다. 스스로 자랑하면 오히려 공이 드러나지 않는다. 오만하면 높아질 수 없다. 이성의 관점에서 보면 이런 사람들은 음식 찌꺼기와 같으며, 사람들의 혐오감을 불러일으킨다. 그러므로 이성을 지닌 사람은 이처럼 행동하지 않는다.

-노자

1월 10일

자기 이웃을 증오하는 것은 마치 사람의
피를 흘리게 하는 것과 같다.

-탈무드

끝없는 증오심을 가진 사람, 즉 덩굴로 휘감긴 것처럼 증오로
휘감긴 사람은 머지않아 가장 사악한 적이 그를 밀어 넣고 싶어
하는 곳으로 스스로 걸어갈 것이다.

갓 짜낸 우유는 신맛이 나지 않고, 나쁜 행동은 빨리 열매를 맺
지 않는다. 그러나 나쁜 행동은 재 속에 묻힌 불씨처럼 어리석은
자를 서서히 태우고 고통스럽게 한다.

-부처의 가르침

어떤 사람이 예수께 다가와서 물었다. "선 **1**월 **11**일
생님, 내가 영원한 생명을 얻으려면 무슨
선한 일을 해야 합니까?" 예수께서 그에게 말씀하셨다. "네가 완
전한 사람이 되려고 하면 가서 네 소유를 팔아서 가난한 사람에
게 주어라. 그리하면 네가 하늘에서 보화를 차지하게 될 것이다.
그리고 와서 나를 따라라."

-마태복음 19장 16절, 21절

부자는 종종 남의 슬픔에 너무나 무정하고 무관심하다.

-탈무드

1월 **12**일 　　네가 이웃에게 나쁜 일을 했다면 비록 작
　　더라도 그걸 크게 생각하고, 네가 이웃에
게 좋은 일을 많이 했다면 적게 생각하라. 다른 사람이 네게 행한
작은 선은 크게 생각하라.

가난한 사람에게 베푸는 자는 하느님의 축복을 받을 것이다.
가난한 사람을 다정하게 맞이하고 보내는 자에게는 두 배의 축
복이 내릴 것이다.

-탈무드

1월 13일

가야만 하는 곧은길이나 행동 규범은 사람들에게서 멀리 떨어져 있지 않다. 만약 사람들이 자기에게서 멀리 떨어져 있는 것, 즉 그들의 본성과 일치하지 않는 것을 행동 규범으로 제시한다면 그것을 받아들여서는 안 된다.

도끼 자루를 만드는 목수는 자기가 하는 일의 모형을 눈앞에 가지고 있다. 목수는 자기가 깎아 만드는 도끼 자루를 두 손으로 잡고 이쪽저쪽에서 살펴본다. 그는 새 도끼 자루를 만들고 나서 모형과 자기가 만든 것이 얼마나 비슷한가 보려고 그 둘을 비교한다. 마찬가지로 자신이나 다른 사람에 대해 똑같은 감정을 가진 현자는 확실한 행동 규범을 찾아낸다. 현자는 다른 사람들이 자기에게 하지 않았으면 하는 것을 다른 사람들에게 하지 않는다.

-공자*

---

* 중국 춘추시대의 사상가이자 유가(儒家)의 시조(B.C.551~B.C.479). 여러 나라를 두루 돌아다니며 인(仁)을 정치와 윤리의 이상으로 하는 도덕주의를 설파하여 덕치 정치를 강조했다. 제자들이 엮은 《논어》에 그의 언행과 사상이 잘 나타나 있다.

오, 우리를 미워하는 사람들을 미워하지 **1**월 **14**일
않고 살아가는 우리는 얼마나 행복한가!
우리를 미워하는 사람들 사이에서 살아가는 우리는 얼마나 행복한가!

오, 탐욕스러운 사람들 사이에서 살면서 탐욕에서 벗어난 우리는 얼마나 행복한가! 탐욕으로 고통받는 사람들 사이에서 우리는 탐욕에서 벗어나 살고 있도다!

오, 아무것도 내 것이라고 부를 수 없는 우리는 얼마나 행복한가! 거룩함으로 가득 찬 우리는 영명한 신들과 비슷하도다!

-부처의 가르침

신이 보내는 모든 것뿐만 아니라 신이 나타나는 그 순간도 모든 피조물에게 유익하다.

-마르쿠스 아우렐리우스*

---

* 고대 로마의 황제(재위 161~180)이자 스토아학파의 철학자로, 《명상록》을 남겼다.

:

1월 15일　　　소박한 생활, 소박한 언어, 소박한 습관은
　　　　　　　　　　국가를 강하게 만들지만 화려한 생활, 가
식적인 언어, 나약한 습관은 국가를 약하게 만들고 파멸에 이르
게 한다.

　참된 정치경제학은 "파멸로 이어지는 모든 것을 욕망하지 말
고 경멸하고 없애버리라"라고 국민에게 가르친다.

-존 러스킨

말은 빠른 걸음으로 달아나 적에게서 살 **1**월 **16**일
아남는다. 그러므로 말은 수탉처럼 노래
할 수 없을 때가 아니라 타고난 빠른 걸음을 잃어버렸을 때 불행
하다.

개에게는 후각이 있다. 그러므로 개는 날 수 없을 때가 아니라
타고난 후각을 잃어버렸을 때 불행하다.

이와 마찬가지로 사람도 곰이나 사자 혹은 사악한 사람들을
물리칠 수 없을 때가 아니라 타고난 선함과 신중함을 잃어버
릴 때 불행해진다. 이런 사람이 진실로 불행하며 동정을 받아야
한다.

사람이 태어나거나 죽는 것, 혹은 돈과 집과 재산을 잃는 것은
아깝거나 슬프지 않다. 이 모든 것은 사람에게 속한 것이 아니기
때문이다. 사람이 자신의 진짜 재산, 즉 인간의 품위를 잃어버릴
때 슬프다.

-에픽테토스

1월 **17**일　　　온 세상은 하나의 법칙을 따르고 있다. 모
　　　　　　　　　든 이성적인 존재 속에는 하나의 이성이
존재한다. 진실은 하나이며, 이성적인 사람들에겐 완성에 대한
개념도 역시 하나다.

-마르쿠스 아우렐리우스

　어떤 행복도 진리가 주는 행복에 비하면 아무것도 아니다. 어
떤 달콤함도 진리의 달콤함에 비하면 아무것도 아니다. 진리의
기쁨은 그 어떤 기쁨보다도 크다.

-부처의 가르침

"그러므로 내가 너희에게 말한다. 목숨을
부지하려고 무엇을 먹을까 또는 무엇을
마실까 걱정하지 말고, 몸을 감싸려고 무엇을 입을까 걱정하지
말아라. 목숨이 음식보다 더 소중하고, 몸이 옷보다 더 소중하지
아니하냐?"

-마태복음 6장 25절

내일 일에 대해 걱정하지 말라. 너는 오늘조차 무슨 일이 일어
날지 모르기 때문이다.

바구니에 빵을 가지고 있는 사람이 "내일 나는 무엇을 먹지?"
하고 말한다. 이런 사람은 믿음이 부족한 사람이다.
하루를 만드신 분이 일용할 양식도 만들어주실 것이다.

-탈무드

1월 **19**일　　　군자는 사람들의 눈에 띄지 않는 데서도
　　　　　　　　　선의 법칙을 준수한다. 군자는 자기가 사
람들에게 알려지지 않아도 안타까워하지 않는다.

-공자

　거짓 수줍음은 악마가 좋아하는 수단이다. 악마는 거짓 오만
보다 거짓 수줍음으로 더 많은 것을 얻는다. 악마는 거짓 오만으
로 악을 권장할 뿐이지만 거짓 수줍음으로 선을 마비시킨다.

-존 러스킨

우리의 삶은 생각의 결과이다. 삶은 우 **1월 20일**
리 마음속에서 생겨나고 우리 생각에서
나온다. 만약 사람이 악한 생각을 가지고 말하고 행동하면, 마차
를 끄는 거세한 황소의 발바닥을 뒤쫓는 바퀴처럼 고통이 끈질
기게 그의 뒤를 따라다닌다.

우리의 삶은 생각의 결과이다. 삶은 우리 마음속에서 태어나
고, 생각으로 만들어진다. 만약 사람이 착한 생각을 가지고 말하
고 행동하면, 마치 우리를 떠나지 않는 그림자처럼 기쁨이 그의
뒤를 따라다닌다.

"그가 나를 화나게 했고, 나를 이겼으며, 나를 노예로 만들었
고, 나를 모욕했다." 이런 생각으로 불안해진 마음속에서는 증오
가 결코 사라지지 않으리라.

"그가 나를 화나게 했고, 나를 이겼으며, 나를 노예로 만들었
다." 이런 생각을 마음속에 품지 않는 사람은 영원히 마음속의 증
오를 억누르리라.

왜냐하면 증오에서 생긴 것은 증오로 물리칠 수 없기 때문이
다. 증오에서 생긴 것은 사랑으로 없앨 수 있으니, 바로 이것이 영
원한 법칙이다.

-부처의 가르침

1월 21일   부끄럽지 않은 것을 부끄러워하고, 부끄러운 것을 부끄러워하지 않는 사람은 그릇된 견해를 따르면서 나쁜 파멸의 길로 들어선다.

-부처의 가르침

    사람에게서 칭찬할 만한 점은 부끄러워하는 마음이다. 부끄러워하는 사람은 곧 죄를 짓지 않을 것이기 때문이다.

-탈무드

    항상 신의 뜻에 따라 행동하고, 모든 면에서 신에게 복종하는 사람의 마음속에는 얼마나 큰 힘이 있는가!   **1월 22일**

-마르쿠스 아우렐리우스

    창조주의 지고한 빛과 하나가 되기 위한, 창조주를 향한 영혼의 갈망과 끌림이야말로 신을 향한 사랑의 본질이다.

-탈무드

사람들이 아주 좋아하는 것, 사람들이 **1**월 **23**일
흥분하고 바쁘게 일하면서 얻으려고 하
는 것은 모두 사람들에게 최소한의 행복도 가져다주지 않는다.
사람들은 바쁘게 일하면서 자기가 간절히 구하는 것 속에 행복
이 있다고 생각한다. 그러나 원하는 것을 얻자마자 다시 걱정하
고 상심하면서 자신에게 없는 것을 부러워하기 시작한다. 이것
은 쉽게 이해할 수 있다. 사람은 무익한 욕망의 충족이 아니라 그
반대로 이 욕망에서 벗어나야만 자유를 얻을 수 있기 때문이다.

이것이 진리임을 확신하고 싶으면, 지금까지 욕망을 채우려고
허비한 노력의 절반이라도 헛된 욕망에서 벗어나려 애써보라.
그러면 훨씬 더 큰 평온과 행복을 얻을 수 있음을 금방 깨닫게 될
것이다.

부자들과 영향력 있는 사람들의 모임에 나가는 것을 그만두
라. 유명하고 힘센 사람들에게 아부하지 말고, 네게 필요한 것을
그들한테서 얻을 수 있다고 생각하지 말라. 반대로, 정의롭고 이
성적인 사람들한테서 네가 얻을 수 있는 것을 구하라. 확신하는
데 네가 깨끗한 마음과 좋은 생각을 가지고 그들에게 다가가면,
너는 그들에게서 빈손으로 돌아오지 않을 것이다.

네가 내 말을 믿지 않는다면, 잠시라도 그런 사람들과 사귀려
하고 참된 자유의 길로 몇 걸음이라도 내디디려 애써보라. 그러
고 나서 자유와 행복의 길과 악과 노예의 길 중 네 마음이 어느
쪽으로 향하는지 스스로 판단해 보라. 이런 시도는 전혀 부끄러
운 게 아니다. 그러니 스스로 시험해 보라.

-에픽테토스

1월 24일

아이에게도 정직하라. 즉, 아이에게 약속한 것을 꼭 지켜라. 그렇지 않으면 아이는 거짓말에 익숙해질 것이다.

-탈무드

당신 자신이 확신하지 못하는 것을 결코 아이에게 가르치지 말라. 만약 당신이 어린 시절의 순수함과 첫인상의 힘을 아이의 마음속에 심어주기 위해 그 사랑스러운 시절에 아이에게 뭔가를 불어넣고 싶다면, 무엇보다 그것이 거짓이 아니게끔 조심하라. 그것이 거짓인지 아닌지는 당신 자신이 알고 있다.

-존 러스킨

그들은 해골이라 하는 형장에 이르러 거기서 예수를 십자가에 달고, 그 죄수들도 그렇게 하였다. 한 사람은 그의 오른쪽에, 한 사람은 그의 왼쪽에 달았다. 그때 예수께서 말씀하셨다. "아버지, 저 사람들을 용서하여 주십시오. 저 사람들은 자기네가 무슨 일을 하는지를 알지 못합니다."

1월 **25**일

-누가복음 23장 33~34절

인간의 영혼은 자유의지가 아니라 강압에 의해 진실, 중용, 정의, 선을 외면한다. 이 점을 더 분명히 이해하면 할수록 사람들을 더 부드럽게 대하게 된다.

-마르쿠스 아우렐리우스

1월 26일

당신은 어떤 혐오스러운 병에 걸린 사람에게 이성적으로 화를 낼 수 있는가? 그가 무슨 죄가 있다고 그와 이웃해서 사는 걸 역겨워하는가? 도덕적인 병에 대해서도 이와 똑같이 대하라.

"그러나 인간에겐 이성이 있으니 인간은 이성의 도움으로 자신의 결함을 인식할 수 있다"라고 당신은 말할 것이다. 이것은 맞는 말이다. 따라서 당신도 이성을 갖고 있으므로 가까운 사람을 이성적으로 대하여 그가 자신의 결점을 인식하게 할 수 있다. 그러므로 자신의 이성을 발휘하여 인간의 양심을 일깨우고, 분노하거나 초조해하거나 교만하지 말고 인간의 무지몽매를 치료하라.

-마르쿠스 아우렐리우스

자신을 둘러싸고 있는 세계와 비교하면
인간은 연약한 갈대에 지나지 않는다. 그
러나 인간은 이성을 부여받은 갈대이다.

인간을 살해하기 위해서는 어떤 작은 물건만 있으면 충분하
다. 그러나 인간은 모든 생물보다 더 고귀하고, 지상의 그 어떤 것
보다 더 고결하다. 인간은 죽어가면서 자신이 죽어가고 있다는
것을 이성으로 인식하기 때문이다. 인간은 자연 앞에서 자신의
하찮음을 인식할 수 있다. 그러나 자연은 아무것도 인식하지 못
한다.

우리의 모든 우월성은 이성적으로 생각하는 능력에 있다. 이
성적 사고 능력만이 우리를 다른 세계 위로 높이 들어 올린다. 우
리는 이성적 사고 능력을 소중히 여기고 유지할 것이다. 이성적
사고 능력은 우리의 전 생애를 밝게 하고, 우리에게 무엇이 선이
고 무엇이 악인지 가르쳐줄 것이다.

-블레즈 파스칼

1월 28일   지난날 저지른 나쁜 행동을 훗날에 좋은 행동으로 덮은 사람은 이 어두운 세계에서 밝게 빛날 것이다. 흐린 하늘의 달처럼.

-부처의 가르침

아직 용기가 있을 때 자신의 죄를 회개하는 사람은 행복하다.

너에게 아직 힘이 남았을 때 회개하고, 아직 불이 꺼지지 않았을 때 기름을 부어라.

-탈무드

모든 진리는 대화를 통해 알 수 있는 것   **1월 29일** 이 아니라 노동과 관찰을 통해서만 알 수 있다. 마치 쌍떡잎식물의 최초의 작은 잎들처럼 당신이 하나의 진리를 얻게 되면 아주 훌륭한 다른 두 개의 진리가 눈앞에 나타날 것이다.

사람들이 힘센 손으로도 붙잡고 있을 수 없는 진리를 아이는 종종 연약한 손가락으로 잡고 있다. 진리의 발견은 노년의 자랑이다.

-존 러스킨

거짓 속에서 진리를 생각하고 진리 속에서 거짓을 보는 사람은 결코 진리를 이해하지 못하고 헛되이 망상 속에서 허우적거릴 것이다.

그러나 거짓 속에서 거짓을 보고 진리 속에서 진리를 인식하는 사람은 이미 진리 가까이에 있고, 그의 길은 명확하다.

지붕이 잘 덮이지 않은 건물 속으로 빗물이 거침없이 스며들듯이, 욕망은 묵상으로 보호되지 않은 마음속으로 쉽게 스며든다.

-부처의 가르침

1월 31일

예술은 자기에게 맞는 자리에 있을 때만 쓸모가 있다. 예술의 과제는 가르치는 것이며, 극진히 가르쳐야 한다. 사람들이 진리를 발견하는 데 도움을 주지 않고 그저 기쁨만을 준다면, 예술은 고상한 것이 아니라 수치스러운 것이다.

-존 러스킨

기분 좋게 대하면서 화려하고 능란하게 말하는 사람은 일반적으로 인류애의 미덕을 지니고 있지 않다.

-중국의 금언

오늘 하루, 톨스토이처럼

FEBRUARY

2월 1일

예수께서 제자들에게 말씀하셨다. "내가 진정으로 너희에게 말한다. 부자는 하늘나라에 들어가기가 어렵다. 내가 다시 너희에게 말한다. 부자가 하느님 나라에 들어가는 것보다 낙타가 바늘귀로 지나가는 것이 더 쉽다."

-마태복음 19장 23~24장

만약 국가가 이성의 원칙에 따라 통치되는데도 가난과 빈곤이 존재한다면 이를 부끄러워해야 한다. 만약 국가가 이성의 원칙에 따라 통치되지 않는다면 부와 높은 직책을 부끄러워해야 한다.

-중국의 금언

손에 상처가 없는 사람은 뱀의 독을 만질 **2**월 **2**일
수 있다. 건강한 손에는 독이 위험하지 않
기 때문이다. 악행을 저지르지 않는 사람에겐 악이 해롭지 않다.

-부처의 가르침

읽고 쓸 줄 모르는 사람은 읽기와 쓰기를 다른 사람들에게 가
르칠 수 없다. 무엇을 해야 할지 모르는 사람이 어찌 무엇을 해야
할지를 가르칠 수 있겠는가?

-마르쿠스 아우렐리우스

2월 **3**일 　　사람들은 선(善)이 무엇인지 모르지만 자기 안에 선을 지니고 있다.

　이해력이 없는 사람도 선을 찾을 것이다. 선에 대해 생각하지 않는 사람도 선행을 할 것이다.

-공자

　우리 가운데 가장 하찮은 사람도 어떤 재능을 가지고 있다. 그 재능이 아무리 평범하게 보일지라도 우리의 특성인 재능을 올바로 사용하면 전 인류를 위한 것이 될 수 있다.

-존 러스킨

막 시작된 언쟁은 둑 틈새로 새어 나오는 　　**2**월 **4**일
물과 비슷하다. 이미 둑 틈새로 물이 새기
시작하면 그 물을 막지 못한다.

　인간은 논쟁을 벌일 수 있지만 막지는 못한다. 논쟁은 물로 끌수 없는 불길처럼 활활 타오르기 때문이다.

-탈무드

결코 병에 걸리지 않을 강하고 건강한 육

체는 없다. 영원한 부(富)도 없고, 덫에 걸리

지 않을 권력도 없다. 이 모든 것은 무상하며 순식간에 지나간다. 이 모든 것에 목숨을 건 사람은 항상 불안해하면서 걱정하고 슬퍼하며 고통을 당할 것이다. 그는 원하는 것을 결코 얻지 못하며, 피하고 싶은 바로 그 상황에 빠질 것이다.

인간의 영혼만이 난공불락의 요새보다 더 안전하다. 왜 우리는 이 유일한 요새를 허물려고 온갖 노력을 다하고 있는가? 왜 우리는 영혼에 평온을 가져다줄 수 있는 일에 신경을 쓰지 않고, 기쁨을 가져다줄 수 없는 일에 열중하고 있는가?

만약 우리의 양심이 깨끗하다면 아무도 우리에게 해를 끼칠 수 없음을 잊곤 한다. 또 눈앞의 쓸데없는 것을 소유하려는 어리석음과 욕망 때문에 온갖 언쟁과 불화가 일어난다는 것을 잊곤 한다.

-에픽테토스

2월 **6**일   모든 참된 사상, 즉 살아있는 사상은 스스
로 자양분을 공급하며 변할 수 있다. 여기
에 참된 사상의 생명력이 있다. 그러나 참된 사상은 구름이 아니
라 나무처럼 변화한다.

-존 러스킨

진실하고 위대한 모든 것은 느리고 눈에 띄지 않는 성장을 통
해 이루어진다.

-루키우스 세네카*

---

* 에스파냐 태생의 고대 로마 철학자이자 극작가(B.C.4?~A.D.65). 네로의 스승이었지만
후에 반역 혐의를 받고 자결했다. 저서에《메디아》,《아가멤논》등이 있다.

영혼은 스스로 내는 빛으로 안이 훤히 비 **2월 7일**
치는 투명한 공에 비유할 수 있다. 영혼에
게 이 불빛은 모든 빛과 진리의 원천일 뿐만 아니라 모든 외적인
것을 비추어준다. 이러한 상태에서 영혼은 자유롭고 행복하다.
외적인 것에 대한 집착은 빛을 굴절시키고 이지러지게 하면서
영혼의 매끈한 표면을 일렁이게 하고 흐리게 한다.

-마르쿠스 아우렐리우스

"영혼은 채워지지 않는다."

공주와 결혼한 신사는 공주를 광채와 영광으로 휘감아 놓지만
헛된 일이다. 공주에게 이 모든 것은 주목할 가치가 없는 하찮은
것으로 보인다. 공주는 늘 자신의 높은 신분만을 생각하기 때문
이다. 영혼도 이와 마찬가지다. 사람이 지상의 온갖 즐거움으로
영혼을 둘러싼다 해도 영혼은 만족할 줄 모른다. 영혼은 하늘의
딸이기 때문이다.

-탈무드

2월 **8**일 "아무도 두 주인을 섬기지 못한다. 한쪽을 미워하고 다른 쪽을 사랑하거나, 한쪽을 중히 여기고 다른 쪽을 업신여길 것이다. 너희는 하느님과 재물을 함께 섬길 수 없다."

-마태복음 6장 24절

자기 영혼과 세속적인 재화를 동시에 돌볼 수는 없다. 세속적인 재화를 원하면 영혼을 버리고, 영혼을 지키고 싶으면 세속적인 재화를 버려라. 그렇지 않으면 너는 항상 둘로 쪼개질 것이며, 아무것도 얻지 못할 것이다.

네가 세상의 어떤 일로 불안해하거나 혼란스러울 때, 언젠가는 자신이 죽을 수밖에 없다는 사실을 명심하라. 그러면 아주 큰 불행처럼 여겨지고 너를 불안하게 했던 일도 사실 걱정할 가치가 없는 그저 그런 불쾌한 것으로 보일 것이다.

-에픽테토스

사람이 미래를 염두에 두고 더 원대하게 **2**월 **9**일
행동하면 할수록 그 행동 하나하나가 더
존경스럽고 더 멋지고 더 훌륭해질 것이다. 무엇보다도 멀리 내
다보는 통찰력, 느긋하고 믿음직한 인내심은 사람을 하느님에게
가깝게 하면서 다른 무리와 구별하여 준다. 그러므로 위대함을
결정하는 이 잣대를 모든 일과 모든 예술에도 적용할 수 있다.

-존 러스킨

2월 **10**일 너를 숭배하는 사람들의 수가 아니라 질
에 관심을 가져라. 나쁜 사람들이 너를
좋아하지 않는다면 사람으로서 칭찬받을 만한 일이다.

-루키우스 세네카

하늘은 우리가 저지른 죄에 대해 분노하지만, 세상은 우리가
행한 선에 대해 분노한다.

-탈무드

2월 11일　　　　이성적인 사람은 인생이 짧다고 하여 자기에게 주어진 인생을 허비하지 않는다. 만약 우리가 아무것도 하지 않고 인생을 산다면, 우리의 나날과 삶은 고결하고 성스러워질 수 없다. 우리가 한순간도 헛되이 보내지 않도록 간구하는 것이 최상의 기도이며, 정직하게 일해서 음식을 받았음을 깨닫는 것이 식사 전에 올리는 최고의 감사이다.

-존 러스킨

최고의 언어는 신중히 절제된 것이고,　　　　　　**2월 12일**
최고의 말은 신중히 고려된 것이다. 당
신이 말할 때, 당신의 말은 침묵보다 더 좋아야만 한다.

-아라비아의 속담

잃어버린 시간은 결코 되돌릴 수 없고, 이미 저지른 악은 결코 고칠 수 없다.

-존 러스킨

자유인에게는 자기가 원하는 대로 모든

것이 일어나곤 한다. 그러나 이 말은 그
가 생각하는 모든 것이 그에게 반드시 일어난다는 것을 의미할
까? 그렇지는 않다. 예를 들자면 우리가 읽고 쓰기를 배우면 원하
는 모든 것을 글자와 단어로 쓸 수 있게 된다. 그러나 자기 이름
을 쓰는데도 생각나는 대로 쓸 수는 없다. 이처럼 나는 문득 생각
나는 대로 내 이름을 쓰지는 않는다. 우리는 필요한 글자를 필요
한 순서에 맞추어 써야만 한다. 모든 것이 다 그렇다. 우리가 마음
내키는 대로 할 수만 있다면 아무것도 배우지 않았을 것이다. 즉,
자유인이 되기 위해서는 머릿속에 떠오르는 모든 것을 헛되이
원해서는 안 된다.

이와 반대로 자유인은 무엇을 원할지, 자신에게 일어나는 모
든 것을 어떻게 수용할지를 배워야만 한다. 사람에게 일어나는
일은 그냥 일어나는 게 아니라 온 세상을 주관하는 '그분'의 뜻에
따라 일어나기 때문이다.

-에픽테토스

2월 14일

이해할 수 있는 이성*은 영원한 이성이 아니고, 이름(名)을 지어 부를 수 있는 이름은 영원한 이름이 아니다.

천지가 있기 전부터 있었던 모든 것을 품고 있는 존재가 있다. 이 존재는 고요하고 형체가 없다. 이 존재의 본성은 이성이라 불린다. 만약 이 존재에 이름을 붙여야만 한다면, 나는 그것을 위대한 것, 이해할 수 없는 것, 멀리 떨어져 있는 것, 되돌아오는 것이라고 부른다.

-노자

---

* 노자의 〈도덕경〉에 나오는 '도가도비상도 명가명비상명(道可道非常道 名可名非常名)'에서 톨스토이는 '도(道)'를 '이성'으로 이해하여 옮기고 있다.

그때 베드로가 예수께 다가와서 말했다. **2**월 **15**일

"주님, 내 형제가 나에게 자꾸 죄를 지으

면 내가 몇 번이나 용서해 주어야 합니까? 일곱 번까지 하여야

합니까?" 예수께서 대답하셨다. "일곱 번만이 아니라 일흔 번을

일곱 번이라도 하여야 한다."

-마태복음 18장 21~22절

　네가 누군가의 잘못을 발견했다면, 그 잘못을 친절하게 고쳐

주고 그가 무엇을 잘못했는지 가르쳐주어라. 만약 너의 노력이

실패하면, 너 자신만을 비난하되 아무도 비난하지 말라. 그리고

계속해서 온화한 태도를 보여라.

-마르쿠스 아우렐리우스

2월 16일

공정하라. 분노에 따르지 말라. 네게 부탁하는 사람을 도와주어라. 그는 너에게 작은 일을 부탁하고 있기 때문이다. 이 세 가지 길을 따라 걸어가면, 너는 성인들에게 가까이 다가갈 것이다.

-부처의 가르침

네가 어떤 사람을 욕하고 적대시한다면, 너는 그들이 너의 형제라는 걸 잊고 그들을 친구가 아닌 적으로 만드는 것이다. 이렇게 너는 자신에게 해를 끼치고 있다. 신이 창조한 대로 너는 선하고 남에게 호감을 주는 사람이 되는 대신, 연약한 짐승에게 몰래 다가가 물어뜯어 죽이는 포악한 짐승이 되어 너의 가장 선한 특성을 잃어버렸기 때문이다. 너는 돈지갑을 분실한 것은 잘 알면서 왜 명예와 선한 마음과 중용을 잃어버리고도 그 손실을 깨닫지 못하는가?

-에픽테토스

살아있는 모든 것은 고통을 두려워하고,

살아있는 모든 것은 죽음을 무서워한다.

살아있는 모든 존재 속에서 자기 자신을 인식하라. 그리고 죽이지도 말고 죽음을 초래하지도 말라.

   살아있는 모든 것은 고통을 싫어하고, 살아있는 모든 것은 자기 생명을 소중히 여긴다. 살아있는 모든 존재 속에서 자기 자신을 인식하라. 그리고 죽이지도 말고 죽음을 초래하지도 말라.

-부처의 가르침

   읽기와 쓰기가 사람들이 모든 생물을 더 선하게 대하는 데 도움이 되지 않으면 그것은 교육이 아니다.

-존 러스킨

2월 18일 이성적인 사람과 비이성적인 사람의 차
이는 어디에 있을까? 비이성적인 사람
은 자신이 어쩔 수 없는 것, 즉 자기 자녀, 아버지, 형제, 재산과 일
에 대해 늘 걱정하고 아쉬워한다. 하지만 이성적인 사람은 걱정
스럽고 슬픈 일이 생기면 자기가 할 수 있는 일, 즉 자신의 생각
과 행동, 소망에 관한 것만을 걱정하고 슬퍼한다.

만약 우리에게 어떤 불쾌한 일이 생기거나 어떤 곤란한 상황
에 빠지면 우리는 우리와 상관없는 외적인 일이 불쾌함과 곤란
함을 가져다주고 마음속의 질서를 깬다고 생각하는 대신, 다른
사람들을 비난하거나 자신의 운명을 탓한다.

-에픽테토스

개인의 삶은 인류 전체의 삶과 아주 단 **2**월 **19**일
단히 연결되어야 한다. 모든 피조물에는
조화와 통일성이 깃들어 있기 때문이다. 눈에 보이는 자연과 정
신적인 영역에서 삶의 모든 현상은 서로 긴밀히 연결되어 있다.

-마르쿠스 아우렐리우스

세상의 공동생활에서 같은 일을 함께하도록 부름받은 이성적
인 존재들은 인간의 몸에서 지체가 맡은 임무를 수행한다. 그들
은 합리적인 일치를 위해 창조된 사람들이다. 네가 위대한 영적
결사(結社)의 일원이라는 의식 속에는 고무적이고 위안을 주는
무언가가 있다.

-마르쿠스 아우렐리우스

2월 20일

종교를 중시하지 않는 사람에겐 종교가 전혀 존재하지 않는다. 하느님은 사람 마음속의 많은 것과 양립할 수 있지만, 하느님을 중시하지 않는 마음과는 공존할 수 없다. 하느님을 중시하지 않는 사람의 마음에는 그분이 자리할 곳이 없다.

-존 러스킨

몰래 죄를 짓는 사람은 마치 무소부재하시고 전지전능하신 하느님을 부정하는 것과 같다.

-탈무드

모든 것에는 시작과 끝이 있다. 사람의 일도 마찬가지다. 시작과 끝이 없는 일은 하나도 없다. 시작과 끝이 어딘지 확실히 아는 사람은 진리에 가까이 다가가 있다.

2월 21일

-공자

너는 일을 끝까지 할 의무는 없지만, 일을 완전히 기피할 자유도 없다.

너에게 일을 맡긴 하느님은 믿을 만하다.

-탈무드

많은 공부를 했어도 자신의 나라를 대표하는 대사라는 사명을 수행하도록 부름을 받지 못했다면 그는 교양인이라고 할 수 없다.

-중국의 금언

2월 22일

"너희는 세상의 소금이다. 소금이 짠맛을 잃으면 무엇으로 그 짠맛을 되찾게 하겠느냐? 짠맛을 잃은 소금은 아무 데도 쓸 데가 없으므로 바깥에 내버려서 사람들이 짓밟을 뿐이다."

-마태복음 5장 13절

모든 사람은 어느 정도 이런저런 한계에 근접해 있다. 어떤 사람은 자기만을 위한 삶을 살고, 어떤 사람은 신만을 위한 삶, 즉 이웃을 위한 삶을 산다.

-레프 톨스토이

신은 모든 사람의 마음속에 살지만 모든 사람이 신 안에서 사는 것은 아니다. 사람들이 고통을 당하는 이유가 여기에 있다.

불꽃이 없으면 램프가 타오를 수 없듯이 사람은 신 없이는 살 수 없다.

-브라만*의 가르침

---

* 인도의 카스트 제도에서 가장 높은 지위인 승려 계급.

여성의 착한 마음이 무한하다면, 여성 **2**월 **23**일
의 악한 마음도 끝이 없다.

착한 아내는 남편에게 매우 값진 선물이고, 악한 아내는 남편
에게 악성 궤양이다.

-**탈무드**

착한 아내의 길에는 실제로 꽃들이 뿌려져 있지만, 그 꽃들은
그녀가 옮기는 걸음 뒤에 있지 앞에 있지는 않다.

-**존 러스킨**

2월 24일

작은 고통은 우리를 화나게 하나 큰 고통은 자기 자신에게로 돌아가게 한다. 금이 간 종은 둔탁한 소리를 낸다. 그러나 그 종을 둘로 쪼개면 종은 다시 맑은 소리를 낸다.

-장 폴 리흐테르*

항해자의 기술은 폭풍우 속에서 나타나고, 무사의 용맹은 전장에서 드러난다. 사람이 용감한지 아닌지는 그가 어렵고 위험한 상황에 빠졌을 때 행동하는 것을 보고서야 알 수 있다.

-다니엘**

고통도 삶이다. 고통이 없다면 삶에서 어떤 즐거움이 있을 수 있겠는가?

-도스토옙스키***

---

* 독일의 낭만주의 작가(1763~1825).
** 구약성서에 나오는, 기원전 6세기경 이스라엘의 예언자.
*** 제정 러시아의 소설가(1821~1881). 19세기 러시아 리얼리즘 문학의 대표자로, 인간 심리의 내면에 깃들인 병적이고 모순된 세계를 밀도 있게 해부하여 현대 소설에 막대한 영향을 끼쳤다. 작품에 〈가난한 사람들〉, 〈죄와 벌〉, 〈카라마조프가의 형제들〉 등이 있다.

결국 모든 민족은 그들의 정신적 지도 **2월 25일**
자들이 이미 오래전에 깨달았던 진리,
즉 자신의 불완전성을 인정하고 신의 율법을 따르는 일이 인류
의 첫 번째 덕목이라는 것을 인정한다.

"너는 먼지이니 먼지로 돌아갈 것이다." 이는 우리가 우리 자신
에 대해 알고 있는 첫 번째 진리다.

두 번째 진리는 흙에서 나온 우리는 땅을 갈아야만 하고, 바로
이것이 우리의 주요한 의무라는 점이다. 최상의 능력 개발과 최
대의 행복을 위한 기본 조건은 땅을 경작하는 것이고, 이것이 우
리와 하등동물의 다른 점이다. 땅을 갈지 않으면 인간은 평화도
지혜와 예술의 발전도 생각할 수 없다.

-존 러스킨

2월 26일

위대한 사랑과 깊은 지혜는 언제나 함께하며, 지혜가 넓다는 것은 마음이 깊다는 뜻이다. 그러므로 큰마음을 지닌 사람은 최고의 인간성에 다다를 수 있다. 그는 아주 지혜로운 사람이다.

-이반 곤차로프*

위대한 사상은 마음에서 나온다.

-뤽 드 클라피에르 보브나르그**

우리의 도덕적 감정은 정신적인 힘과 매우 밀접하게 얽혀 있어서 한쪽을 건드리지 않으면 다른 한쪽을 움직일 수 없다. 한번 왜곡된 위대한 마음은 지상의 영원한 저주이다.

-존 러스킨

---

* 장편소설 〈오블로모프〉를 쓴 제정 러시아의 소설가(1812~1891).
** 프랑스의 도덕주의자이자 수필가(1715~1747). 낙천적인 인간관을 제창하고 인간의 감정을 중시하였다. 저서에 《성찰과 잠언》이 있다.

나는 선행을 하다가 부딪치는 걸림돌을 **2월 27일**
정신을 집중하여 극복하면서 새로운 힘
을 얻는다. 즉, 선을 행하는 데 걸림돌이 될 수 있는 장애물이 스
스로 선이 되고, 출구가 보이지 않는 곳에서 갑자기 밝은 길이 열
린다.

-마르쿠스 아우렐리우스

　현자들의 삶의 법칙은 모호하지만 그 법칙을 따르는 사람들을
위해서 점점 더 명확해진다. 보통사람들의 삶의 법칙은 각자에
게는 명확하지만 일반인의 의식 속에서 점점 더 희미해진다.

-공자

2월 28일

모든 습관은 실천에 따라 심화하고 강화된다는 것은 누구나 알고 있다. 예를 들어 좋은 보행자가 되려면 자주 그리고 많이 걸어야 하고, 잘 달리는 사람이 되려면 많이 달려야 하며, 잘 읽는 법을 배우려면 많이 읽어야 한다. 반대로 이미 익숙해진 것을 그만두면 습관 자체가 없어진다. 일어나지 않고 열흘 동안 누워있다가 일어나 걸으려고 하면 다리가 약해진 것을 알게 된다. 즉, 어떤 일에 익숙해지려면 그 일을 자주 그리고 많이 해야 한다. 반대로 뭔가를 끊으려한다면 그것을 하지 말라.

우리 영혼의 능력도 마찬가지다. 당신이 화를 낼 때 화만 내는 것이 아니라 동시에 마음속에 화내는 습관을 강화하고 있다는 것, 즉 불 속에 장작을 넣고 있다는 것을 깨달아라. 육체의 유혹에 빠졌을 때, 단지 육체의 유혹에 빠졌을 뿐 그 이상의 죄는 짓지 않았다고 생각하지 말라. 아니다. 그와 동시에 음탕한 행위의 습관을 더 강화한 것이다. 이성적인 사람이라면 누구나 마음의 질병과 나쁜 생각과 욕망은 바로 이렇게 강화되는 것이라고 말할 것이다. 그러므로 화내는 데 익숙해지지 않으려면 온갖 방법으로 증오를 억제하고, 화내는 습관이 더는 자라지 않도록 해야 한다. 그러나 어떻게 자신의 나쁜 생각을 물리칠 힘을 얻을 것인가?

유혹적인 생각과 싸우면서 자신보다 더 선한 사람들의 모임을 찾아보거나 나보다 먼저 살았던 현자들의 가르침을 생각해 내고 읽는 것도 유익하다. 비도덕적인 생각과 싸우는 사람이 바로 진짜 전사이다. 이 신성한 싸움은 당신을 신에게 다가가게 한다. 당신의 자유, 인생의 평온과 행복은 이 싸움의 성공 여부에 달려있다. 항상 두 개의 시간을 기억하라. 하나는 비도덕적인 생각에 굴복하여 음욕을 즐기는 현재이고, 다른 하나는 음욕을 실컷 탐닉한 후 후회하고 자신을 책망하는 시간이다. 또한 음욕을 자제하면서 느끼게 될 기쁨을 생각하라. 한번 도를 넘으면 자제하기 어렵다는 것도 명심하라. 그러나 비도덕적인 생각에 굴복하고 내일 이겨내리라 단언하면서 내일 다시 같은 말을 반복한다면, 마음이 약해지고 병적인 상태에 빠져 내일 잘못을 저지른다 해도 알아채지 못할 것이다. 비록 알아챈다고 해도 자신의 모든 비도덕적인 행위를 정당화하기 위해 항상 준비된 핑계를 댈 것이다.

-에픽테토스

2월 29일 사람은 손바닥을 움켜쥐고 이 세상에
태어나면서 "모든 게 내 세상이다"라고
말하는 듯하고, 손바닥을 펴고 이 세상을 떠나면서 "보라, 나는
아무것도 갖고 있지 않다"라고 말하는 듯하다.

-탈무드

무화과나무 주인이 그 열매가 익는 때를 아는 것처럼 하느님
도 경건한 사람을 이 세상에서 불러들일 때를 알고 있다.

-탈무드

오늘 하루, 톨스토이처럼

MARCH

3월 1일

사람들은 자신의 즐거움에 너무 집착하기 때문에 그것을 잃으면 슬퍼한다. 그러나 기뻐할 줄도 알고, 동시에 즐거움의 원인이 사라져도 슬퍼하지 않는 사람만이 올바르다.

-블레즈 파스칼

사랑과 선행으로 내적 평화를 얻고 자기 운명에 만족하는 삶을 살아라. 그러면 성공적인 삶을 살리라.

-마르쿠스 아우렐리우스

3월 2일

정신적인 일에 만족이란 없다.

학자와 신의 말씀에 따라 사는 사람이 함께 과수원에 갔다. 학자는 곧바로 나무의 숫자를 헤아리고 열매를 세어 과수원의 가격을 정하기 시작했다. 신을 공경하는 사람은 곧장 과수원 주인과 인사를 나누고 한 나무로 다가가 열매를 실컷 따 먹었다.

열매를 맛있게 먹어라. 열매를 세거나 무익한 계산으로는 배고픔을 해소할 수 없다. 논리적인 행동이 아니라 신 안에서의 삶이 최상의 충만한 행복을 가져다줄 것이다.

-브라만의 가르침

만약 전지적인 '나'를 인식하고 싶으면 우 **3**월 **3**일
선 자기 자신을 알아야 한다. 자기 자신을
알기 위해서는 세계적인 '나'를 위해 개인적인 '나'를 희생해야 하
고, 정신적인 삶을 살고 싶다면 자기 생명까지도 버려라. 외적인
사물들과 밖에서 생겨나는 모든 것으로부터 너의 생각을 멀리하
라. 계속 생겨나는 형상들이 네 마음에 어두운 그림자를 드리우
지 못하도록 그것들을 버리려고 노력하라.

　너의 그림자는 생겨났다가 사라진다. 그러나 네 안의 영원한
것, 이성적인 것은 잠시 생겨났다가 사라지는 것이 아니다. 이 영
원한 것은 전에도 존재했고, 지금도 존재하며, 앞으로도 존재할,
결코 죽지 않을 인간이다.

-브라만의 가르침

3월 4일   선과 악을 구별할 줄 아는 자가 지혜로운
사람이 아니라 두 가지 악 가운데 더 작은
악을 선택할 줄 아는 자가 지혜로운 사람이다.

-탈무드

실제의 운명이 어떤가보다는 사람이 운명을 어떻게 받아들이
느냐가 확실히 더 중요하다.

-빌헬름 훔볼트*

---

* 독일의 철학자이자 언어학자(1767~1835). 세계 각지의 언어를 연구하여 비교언어학의
기초를 마련하였다.

읽고 쓰기를 배울 때 우리는 그 방법을 배 운다. 그러나 읽고 쓰기가 친구에게 편지를 써야 할지 말아야 할지를 가르쳐주지는 않는다. 마찬가지로 음악은 우리에게 노래하고 악기를 연주하는 방법을 가르쳐주지만 노래해야 할 때와 연주해야 할 때를 가르쳐주지는 않는다.

이성만이 무엇을 해야 하고, 무엇을 하지 말아야 하는지를 가르쳐준다. 우리에게 이성을 주신 신은 우리에게 가장 필요하고 감당할 수 있는 것을 우리가 처리할 수 있도록 했다.

지금의 나를 창조하신 신은 마치 나에게 이렇게 말하는 것 같다.

"에픽테토스야! 나는 너의 하찮은 몸뚱이와 작은 운명에 훨씬 더 많은 것을 줄 수도 있었다. 그러나 그렇게 하지 않았다고 날 비난하지 말아라. 나는 네가 생각하는 모든 것을 할 수 있는 완전한 자유를 네게 주지 않았다. 그러나 나는 성스러운 나 자신의 일부분이 네 안에 살도록 했다. 나는 선을 지향하고 악을 피할 수 있는 능력을 네게 주었다. 나는 네 안에 자유로운 사고력을 불어넣었다. 만약 너에게 일어나는 모든 일을 이성적으로 생각한다면, 세상의 그 무엇도 내가 너에게 지정한 길을 가는 데 장애나 방해가 되지 않을 것이다. 너는 결코 자신의 운명을 슬퍼하거나 다른 사람들을 탓하지 않을 것이다. 그리고 다른 사람들을 비난하거나 아첨하지 않을 것이다. 너를 위해 이것이 작다고 생각하지 말라. 평생 네가 이성적으로 평화롭고 즐겁게 살 수 있도록 한 것이 정말로 작은 것이냐? 그러니 이것에 만족하라!"

-에픽테토스

3월 6일

시장에서 빵을 사는 사람은 고아가 된 젖 먹이에 비유할 수 있다. 많은 유모가 그 젖 먹이에게 젖을 먹여도 어린애는 여전히 배가 고프다. 자신의 빵을 먹는 사람은 엄마의 젖을 먹고 자라는 어린애와 비슷하다.

모든 노동자와 숙련공들은 성서가 말하는 대로 나중에 농사짓는 일로 돌아갈 것이다.

노 젓는 사람들이 모두 배에서 내린다. 선원들과 사람들이 모두 뭍으로 올라온다.

-탈무드

"내가 진정으로 너희에게 말한다. 너희가 돌이켜서 어린아이들과 같이 되지 않으면 절대로 하늘나라에 들어가지 못할 것이다. 그러므로 누구든지 이 어린아이와 같이 자기를 낮추는 사람이 하늘나라에서는 가장 큰 사람이다."

3월 7일

-마태복음 18장 3~4절

순수함과 온갖 완벽의 가능성을 가지고 있는 아이들이 계속 태어나지 않는다면 이 세상은 얼마나 끔찍할까.

-존 러스킨

3월 8일

네가 지금 당장 너의 겉모습을 벗어던져야 한다는 것을 확신하고 이해할 때, 너는 쉽게 공정을 유지하고 진리에 따라 행동하고 자신의 운명에 순종할 수 있다. 그러면 너는 사람들의 온갖 소문, 악평, 음모를 태연히 받아들이고 심지어 이런 것들에 대해 생각도 하지 않을 것이다. 이 두 가지 일에만 전념하면 너는 오늘 네 앞의 모든 문제를 공정하게 처리하고, 오늘의 짐을 불평하지 않고 짊어질 것이다. 이렇게 사람은 내면의 평화를 얻을 수 있다. 사람의 모든 바람은 하나로 합쳐지는데, 그것은 신의 뜻을 따르는 것이다.

-마르쿠스 아우렐리우스

우리가 살아가면서 자발적으로 행동할 때
마다 하느님을 위해 일하지 않는다면, 우
리는 전혀 하느님을 위해 일하지 않는 것이다.

　다른 사람들을 위해 당신이 할 수 있는 모든 것을 하면서 매일
다른 사람들의 행복을 위해 당신의 삶을 바쳐야 한다는 것을 분
명히 알고 깊이 느껴라.

-존 러스킨

　중요한 것은 율법의 연구에 있지 않고 선한 행동에 있다.

-탈무드

3월 10일

덕이 있는 남편은 외적인 것에 신경을 쓰지 않고 내적인 것에 신경을 쓴다. 그는 외적인 것을 무시하고 내적인 것을 선택한다.

-노자

당신이 한 일의 결과는 다른 사람들이 평가할 것이다. 그러니 당신의 마음이 깨끗하고 진실하도록 있는 힘을 다하라.

나는 가장 평범한 재능을 가진 모든 사람이 개인적인 행동만으로도 자신에게 주어진 가장 큰 선행을 해낼 것이라고 확신한다.

-존 러스킨

3월 11일

신은 자기에게 봉사하도록 그의 영(靈), 사랑, 이성을 주셨다. 그런데 우리는 이 영을 자신을 위해 사용한다. 다시 말해 우리는 도끼 자루를 깎기 위해 도끼를 사용하고 있다.

-레프 톨스토이

사물에 대한 관점이 정해지면 지식이 습 **3**월 **12**일
득된다. 지식이 습득되면 의지는 진리를
열망한다. 진리를 향한 열망이 충족되면 마음이 선해진다. 마음
이 선해지면 사물에 대한 도덕적 관점을 갖게 되어 덕을 쌓을 수
있다.

-공자

　진리 그 자체가 확신을 줄 뿐만 아니라 진리 탐구만으로도 평
온을 얻게 된다.

-블레즈 파스칼

3월 **13**일

쇠사슬에 묶인 사람들을 상상해 보라. 그들은 모두 사형선고를 받은 사람들이다. 매일 그들 중 일부가 다른 사람들 앞에서 죽어간다. 나머지 사람들은 죽어가는 사람들과 죽을 차례를 기다리고 있는 사람들을 통해 자신의 운명을 본다. 인간의 삶은 바로 이런 것이다.

-블레즈 파스칼

사람들은 보통 자기한테 봉사하는 사람들이 아니라 자기를 잠시 즐겁게 해주거나 그럴듯하게 속이는 사람들에게 돈을 지불한다. 수다쟁이에게는 5000루블*을 지불하면서 땅을 파는 일꾼이나 사상가에겐 50코페이카를 지불한다. 이것이 일반적인 법칙이다.

-존 러스킨

---

* 러시아의 화폐 단위. 1루블은 100코페이카이다.

"너희 가운데서 으뜸가는 사람은 너희를
섬기는 사람이 되어야 한다. 자기를 높이
는 사람은 낮아지고, 자기를 낮추는 사람은 높아질 것이다."

3월 **14**일

-마태복음 23장 11~12절

네 친구 가운데 몇몇이 너를 비난하고 다른 몇몇이 너를 칭찬
할 때, 너를 비난하는 친구들을 가까이하고 칭찬하는 친구들을
멀리하라.

하느님의 가르침은 물과 비슷하다. 물이 높은 곳을 버리고 낮
은 곳에 모이듯이, 겸손한 사람들만이 하느님의 가르침을 이해
한다.

-탈무드

3월 15일

어떤 불행도 불행에 대한 공포만큼 크지
않다.

-하인리히 초케*

끝없는 불행은 적은 법이다. 절망은 희망보다 더 기만적이다.

-뤽 드 클라피에르 보브나르그

* 독일의 작가(1771~1848). 페스탈로치의 친구로, 스위스에서 지내며 계몽주의적 교훈
이 담긴 서민적인 작품을 썼다.

신을 공경한다고 자랑만 하는 사람보다
자기 손으로 직접 노동을 하며 사는 사
람이 더 존경받을 만하다.

개미의 근면을 본받으라고 충고받은 사람은 부끄러워해야 한
다. 그러나 이 충고를 따르지 않으면 두 배로 부끄러워해야 한다.

모든 노동은 중요하다. 노동은 인간을 고결하게 만들기 때문
이다.

아들에게 어떤 돈벌이도 가르치지 말라. 그것은 아들에게 도
적질을 준비시키는 것과 마찬가지다.

-탈무드

3월 17일

독자적인 삶에 대해 말하지 말라. 당신은 금시초문인 주변 사람들의 모든 행동뿐만 아니라 수천 년 전에 재로 변한 옛사람들의 모든 행동과도 연관되어 있기 때문이다. 이와 마찬가지로 향후 천 년 또한 지금 당신 안의 죽어가는 작은 힘과 연관되어 있다. 이 작은 힘은 종종 아무런 보상도 받지 못하고 죽어가지만 그럼에도 불구하고 당신은 이 힘을 잘 사용해야만 한다.

이 점을 명심하라. 덕은 덕을 실천하는 당신이 곧바로 보상을 받거나 대체로 보상받을 수 있는 일을 하는 데 있는 것이 아니다. 물론 언젠가는 보상받을 수도 있겠지만 그렇지 않을 수도 있다. 그러나 덕의 중요한 조건은 덕 자체에 만족하고 다른 사람이 보상받기를 바라는 것이다. 반대로 악의 중요한 조건은 악을 즐기며 악행에 대한 징벌은 다른 사람에게 떨어지기를 바라는 것이다.

-존 러스킨

항상 실재하는 것만 말하고, 거짓된 것
을 물리치고, 의심스러운 것만 의심하
고, 선과 쓸모 있는 일만 원할 만큼 네가 행복하다면, 너는 악하고
분별없는 사람들에게 화를 내지 않을 것이다.

"정말로 그들은 도둑이고 사기꾼들이지 않은가!" 너는 이렇게
말한다. 그러나 도둑과 사기꾼은 어떤 사람인가? 그들은 비도덕
적이고 길을 잃은 사람이다. 그런 사람에게 화를 내지 말고 불쌍
히 여겨야 한다. 네가 할 수 있다면, 지금처럼 사는 것은 그에게
좋지 않다고 분명히 말하라. 그러면 그는 악행을 그만둘 것이다.
만약 그가 여전히 그 말을 이해하지 못하면, 그가 추악하게 사는
것은 놀라운 일이 아니다.

"그러나 정말로 그런 사람들을 벌하지 말아야 하는가!"라고 너
는 말할 것이다. 차라리 "이 사람은 세상에서 무엇이 가장 중요한
지 오해하고 있다"라고 말하라. 네가 그렇게 말하자마자 너 자신이
그 사람에게 얼마나 잔인했는지 알게 될 것이다. 만약 어떤 사람이
눈병이 나서 시력을 잃었다면, 그 때문에 그를 벌해야만 한다고 말
하지 않을 것이다. 왜 너는 눈보다 더 소중한 것을 잃고, 가장 큰 행
복, 즉 이성적으로 살 수 있는 능력을 잃은 사람을 벌하고 싶어 하
는가? 그런 사람들에게 화내지 말고, 그들을 불쌍히 여겨야 한다.

이 불행한 사람들을 불쌍히 여기고, 그들의 망상에 화를 내지
않도록 노력하라. 너 자신이 얼마나 자주 망상에 빠지고 죄를 짓
는지 돌아보라. 그리고 네 마음속에 깃드는 분노와 잔인함에 대
해 차라리 너 자신에게 화를 내라.

-에픽테토스

3월 19일

내 영혼을 늘 새롭고 끊임없이 커지는 경탄과 경외심으로 가득 채우는 두 가지가 있다. 나는 더 자주, 더 끊임없이 그것들에 대해 사색한다. 그것은 내 머리 위에 있는 밤하늘의 별과 내 안의 도덕률이다.

-임마누엘 칸트*

3월 20일

잡초는 밭에 뿌린 씨앗을 죽이고, 증오는 사람들을 지치고 쇠약하게 만든다. 오직 온유하고 부드러운 능력을 지닌 사람만이 큰 상을 받는다.

잡초는 논밭에 뿌린 씨앗을 죽이고, 허영은 사람을 갉아먹는다. 오직 겸손하고 부드러운 능력을 지닌 사람만이 큰 상을 받는다.

잡초는 밭을 망치고 음욕은 사람들을 망친다. 오직 순결무구하고 친절한 능력을 가진 사람만이 행복한 최후를 맞는다.

-부처의 가르침

---

* 독일의 철학자(1724~1804). 경험주의와 합리주의를 통합하는 입장에서 인식의 성립 조건과 한계를 확정하고, 형이상학적 현실을 비판하여 비판 철학을 확립하였다. 저서에 《순수 이성 비판》, 《실천 이성 비판》, 《판단력 비판》 등이 있다.

"'눈은 눈으로, 이는 이로 갚아라' 하고 말한 것을 너희는 들었다. 그러나 나는 너희에게 말한다. 악한 사람에게 맞서지 말아라. 누가 네 오른쪽 뺨을 치거든 왼쪽 뺨마저 돌려대어라."

3월 21일

-마태복음 5장 38~39절

폭력을 이용해서 무언가를 하려는 사람은 올바르지 않다. 두 가지 길, 즉 진리와 거짓을 구별하는 사람, 폭력이 아닌 법과 정의로 다른 사람들을 가르치고 지도하는 사람, 진리와 이성에 충실한 사람만이 진짜 올바르다고 할 수 있다.

현란하고 아름답게 말하는 사람은 현자(賢者)가 아니다. 오래 참고, 증오와 두려움에서 벗어난 사람만이 참다운 현자다.

-부처의 가르침

3월 22일

유익한 책을 아주 열심히 읽다가 사람들 때문에 책 읽기를 중단해야 할 때 너는 아쉬워한다. 너는 무익한 오락을 즐기는 속이 텅 빈 사람을 조소하고, 유익한 책을 읽는 것은 결코 헛되지 않다고 생각한다. 그러나 차라리 너 자신을 비웃어라. 너 자신만을 위해 유용한 책을 읽는 것 역시 무익하고 헛된 것이기 때문이다. 오락을 즐기는 속이 텅 빈 사람과 자신만을 위해 책을 읽는 너에게 고통과 불만은 똑같은 것이다. 그리고 너는 "신이 원하시는 대로 될 것이다"라고 말할 수 없으니 이렇게 말할 것이다.

"아, 나는 정말로 불행하다. 유익하고 훌륭한 책을 열심히 읽고 싶은데, 그 대신에 귀찮게 구는 사람의 청을 들어줘야 하다니!"

나는 너에게 이렇게 대답할 것이다.

"사람들이 네게 도움을 청할 때, 너는 독서를 해야 하겠느냐? 신이 지금 네가 무엇을 하기를 바라고, 하지 않기를 바라는지 너는 깨달아야만 한다. 최근에 신은 네가 고독 속에서 자신과 대화하고, 책을 읽고, 글을 쓰고, 선행을 준비하도록 했다. 그런데 오늘 신이 실제 행동으로 도와달라고 부탁하는 사람을 너에게 보냈다. 신은 '너와 사람들이 네가 읽고 생각했던 것이 유익한지 알 때가 되었으니, 고독한 생활에서 벗어나 네가 배운 것을 행동으로 보여다오'라고 말하는 것이다.

망신을 당하지 말라. 즉, 사람들이 너의 일을 중단시켰다고 불평하지 말라. 사람들이 없다면 네가 누구에게 봉사할 것이며, 사람들에게 잘 봉사하는 법에 관한 책을 무엇 때문에 읽겠느냐?"

-에픽테토스

너는 일당 노동자다. 그러니 하루 동안
일을 하고 그 일당을 받아라.

하느님의 존재에 대한 비밀을 알려고 하는 사람의 노력은 헛된 것이다. 우리가 할 일은 오직 하느님의 율법을 준수하는 것이다.

너의 의무를 다하고, 결과는 너에게 의무를 부과한 그분께 맡겨라.

-탈무드

지혜로운 사람은 세 가지 모습으로 달리 보인다. 멀리서 바라보면 엄숙하고 준엄해 보인다. 좀 더 가까이서 바라보면 부드럽고 상냥해 보인다. 말을 들어보면 엄격하고 딱딱해 보인다.

-중국의 금언

3월 25일

한두 번 죄를 지은 사람은 이미 죄를 허락받은 것으로 생각한다.

-탈무드

선행은 늘 힘겹게 이루어진다. 그러나 그 노력이 여러 번 반복될 때, 선행은 습관이 된다.

-레프 톨스토이

눈이 보인다는 것을 모르고 한 번도 눈 **3월 26일**
을 떠보지 않은 사람이 있다면 그는 매
우 불쾌한 사람이다. 그러나 온갖 불쾌한 일을 조용히 참아낼 수
있는 이성을 자신이 가지고 있다는 것을 모르는 사람은 더 불쌍
하다. 우리는 이성의 도움으로 모든 불쾌한 일을 잘 처리할 수 있
다. 세상을 살면서 이성적인 사람이 인내할 수 없는 불쾌한 일이
란 없다. 그러나 우리는 불쾌한 일을 직시하는 대신 자주 회피하
려고 애쓴다. 우리의 의지와 무관하게 우리에게 일어나는 일로
슬퍼하지 않을 힘을 신이 주신 것에 대해 기뻐하고, 우리 영혼을
오직 우리 자신에게 달려있는 것에만 종속시킨 신에게 감사하는
것이 더 낫지 않을까? 신은 우리의 영혼을 부모나 형제나 재물에
종속시키지 않았다. 또 우리의 육체나 죽음에 종속되지 않도록
했다. 자비롭게도 신은 우리에게 달려있는 한 가지, 즉 우리의 이
성에만 영혼을 종속시켰다.

-에픽테토스

3월 27일

현자 디오게네스가 말했다.

"항상 죽을 준비가 된 사람만이 참으로 자유롭다."

디오게네스는 페르시아의 왕에게 이렇게 썼다.

"물고기를 노예로 만들 수 없듯이 당신은 진실로 자유로운 사람들을 노예로 만들 수 없습니다. 만약 당신이 자유로운 사람들을 포로로 잡는다고 해도 그들은 당신에게 굽실거리지 않을 겁니다. 만약 그들이 당신의 포로로 잡혀서 죽는다면, 그들을 포로로 잡았다 해서 당신에게 어떤 득이 있겠습니까?"

바로 이것이 자유인의 말이다. 그런 사람은 참된 자유가 무엇인지 알고 있다.

-에픽테토스

우리가 하느님을 사랑하고 또 그 계명 **3**월 **28**일
을 지키면 이로써 우리가 하느님의 자
녀를 사랑한다는 것을 압니다. 하느님을 사랑하는 것은 그 계명
을 지키는 것입니다. 하느님의 계명은 무거운 짐이 아닙니다.

-요한1서 5장 2~3절

　너를 통해 다른 사람들이 하느님을 사랑할 수 있도록 너의 하
느님, 태초의 하느님을 사랑하라.

　사랑하는 마음으로 하느님의 계율을 지켜라. 하느님을 사랑해
서 계율을 지키는 것과 하느님을 무서워해서 계율을 지키는 것
은 같지 않다.

-탈무드

3월 29일

한번은 학식 있는 브라만이 현명한 왕에게 가서 "나는 경전을 잘 알고 있으니 당신에게 진리를 가르치고 싶습니다"라고 말했다. 왕이 그에게 대답했다. "나는 당신이 경전의 의미를 아직 완전히 모른다고 생각하오. 돌아가서 진리를 완전히 이해하려고 노력하시오. 그러면 그때 나는 당신의 제자가 되리다."

브라만은 그 자리에서 물러나와 중얼거렸다.

"나는 수년 동안 경전을 공부했는데 내가 경전을 모른다고 말하다니, 왕은 참으로 어리석구나."

그렇지만 브라만은 다시 경전을 주의 깊게 읽었다. 그러고는 다시 왕에게 갔으나 똑같은 대답을 들었다.

이 일로 그는 많은 생각을 하게 되었고, 집으로 돌아온 후 작은 방에 틀어박혀 다시 경전 연구에 몰두했다. 경전의 깊은 의미를 이해하게 되면서 그는 부, 명예, 궁전 생활, 지상의 행복에 대한 갈망이 얼마나 하찮은 것인지 분명히 알게 되었다. 이때부터 그는 자기완성과 자기 안의 신성(神性)을 높이는 데 전념했으며 더는 왕에게 가지 않았다.

몇 년이 지나 왕이 스스로 브라만에게 갔다. 지혜와 사랑으로 가득한 브라만을 본 왕은 브라만 앞에 무릎을 꿇고 말했다.

"지금 보니 당신은 경전의 참된 진리를 이해했습니다. 당신이 원한다면 나는 당신의 제자가 되겠습니다."

-브라만의 가르침

태양은 쉼 없이 온 세상에 햇빛을 비추 **3월 30일**
지만, 그렇다고 햇빛이 없어지지는 않
는다. 마찬가지로 너의 이성은 사방으로 퍼지면서 빛나야 한다.
이성은 다함이 없이 어디서나 빛을 발한다. 장애물을 만나도 이
성은 초조해하거나 분노하지 않고, 낙심하거나 피곤해하지 않고,
빛을 향한 모든 것과 어둠 속에서 빛을 외면한 모든 것을 아우르
면서 이성을 받아들이기를 갈망하는 모든 것을 조용히 비춰야
한다.

-마르쿠스 아우렐리우스

3월 31일 하느님의 벌을 받아 행동이 더 좋아진
사람은 자신에게 닥친 고통을 기뻐해야
한다. 그 고통이 그에게 커다란 이익을 가져다주기 때문이다. 다
른 모든 행복을 주신 하느님에게 감사하듯이 그 고통을 주신 하
느님에게 감사해야 한다.

동물에게 단점인 것이 사람에게는 장점이 될 수 있다. 어떤 상
처 입은 동물은 하느님에게 바치는 제물로는 부적당하지만, 피로
에 지치고 슬픔에 잠긴 영혼은 하느님이 가장 좋아하는 제물이다.

-탈무드

오늘 하루, 톨스토이처럼

APRIL

4월 **1**일 　　　너의 이성은 생명의 속성을 지니고 있으므
　　　　　　　　　로, 만약 네가 육체를 위해 이성을 굽히지
않으면 이성이 너를 자유롭게 할 것이다. 이성에 의해 교화되고
이성의 빛을 가리는 욕망에서 벗어난 사람의 정신은 완전한 요
새다. 사람에게 이보다 더 확실한 난공불락의 도피처는 없을 것
이다. 이것을 모르는 사람은 어리석고, 이것을 알면서 이성의 요
새로 들어가지 않는 사람은 불행하다.

-마르쿠스 아우렐리우스

인간의 선한 모든 것은 그 자체로 신성한 것이다.

인간의 영혼은 신성한 이성의 이미지를 남몰래 볼 수 있는 거
울이다.

-존 러스킨

횃불과 불꽃놀이가 햇빛을 받으면 그 빛을 **4**월 **2**일
잃는 것처럼, 지성도 천재성도 아름다움도
진심 어린 친절 앞에서는 빛을 잃는다.

-아르투어 쇼펜하우어*

한없는 부드러움은 진실로 위대한 모든 사람이 지닌 최대의
재능이자 재산이다.

-존 러스킨

---

* 독일의 철학자(1788~1860). 관념론의 입장을 취하였고, 염세관을 주장했다. 저서에《의
지와 표상으로서의 세계》등이 있다.

4월 **3**일　　　음악과 달콤한 음식은 나그네의 발길을 멈추게 하지만, 이성은 맛도 냄새도 없고 바라보아도 보이지 않고 귀를 기울여도 들리지 않는다. 그러나 이성은 아무리 써도 다 쓸 수가 없다.

세상에서 가장 강한 것은 보이지 않고, 들리지 않고, 감촉할 수 없다.

-노자

"심판을 받았다고 하는 것은 빛이 세상에
들어왔으나 사람들이 자기들의 행위가 악
하므로 빛보다 어둠을 더 좋아했다는 것을 뜻한다. 악한 일을 저
지르는 사람은 누구나 빛을 미워하며 빛으로 나아오지 않는다.
그것은 자기 행위가 드러날까 두려워하기 때문이다. 그러나 진
리를 행하는 사람은 빛으로 나아온다. 그것은 자기 행위가 하느
님 안에서 이루어졌음을 드러내려는 것이다."

-요한복음 3장 19~21절

사람은 진실이 자신을 드러낼까 봐 진실을 두려워하기 시작한
다. 이보다 더한 불행은 없다.

-블레즈 파스칼

4월 5일

가장 좋은 생각은 보통 아주 쉽게, 어떻게 오는지도 모르게 떠오른다.

모든 위대한 지적 창작물은 억지로 만들어지지 않는다. 위대한 창작은 위대한 인간에 의해서만 만들어질 수 있다. 그러나 그는 전혀 긴장하지 않고 위대한 작품을 만든다.

-존 러스킨

모든 진리의 시작에는 하느님이 있다. 진리가 인간 속에서 나타날 경우, 이것은 진리가 인간에게서 나온다는 것을 보여주는 것이 아니라 인간이 진리를 투명하게 나타낼 수 있는 속성을 지니고 있다는 것을 보여줄 뿐이다.

-블레즈 파스칼

욕망보다 더 고통스러운 죄는 없다.

불만족보다 더 큰 불행은 없다.

탐욕보다 더 무거운 죄는 없다.

그러므로 욕망에서 벗어난 사람은 항상 만족해한다.

-노자

정신적인 완성에 일생을 바친 사람은 그가 원하는 것이 항상 그의 손안에 있기 때문에 만족한다.

-블레즈 파스칼

4월 7일

너는 사람들이 너의 온화함을 경멸할 것이라고 걱정하지만 올바른 사람들은 너의 온화함을 경멸하지 않는다. 그러니 다른 사람들을 상관하지 말고, 그들의 판단에 신경 쓰지 말라. 능숙한 목수는 목수 일에 대해 아무것도 모르는 사람이 자신의 훌륭한 작업을 인정하지 않는다고 화내지 않는다.

악한 사람들이 너에게 해를 입힐 수 있다고 생각하지 말라. 누가 네 영혼에 해를 입힐 수 있겠느냐? 그런데 너는 왜 당혹해하느냐?

나에게 해를 입힐 수 있다고 생각하는 사람들을 나는 속으로 비웃는다. 그들은 내가 누구인지, 내가 선과 악을 어떻게 생각하는지 모른다. 그들은 진실로 내 것이 무엇인지, 내가 무엇으로 사는지 전혀 가늠조차 할 수 없다는 것을 알지 못한다.

-에픽테토스

인간의 특성 중 하나는 자신을 사랑하고
존중하며 자신의 행복을 원한다는 것이다.

그러나 그가 자기 자신만을 사랑한다면 그것은 불행이다. 그는 위대한 사람이 되고 싶어 하지만, 자신이 작은 사람임을 알게 될 것이다. 그는 행복한 사람이 되기를 원하지만, 자신이 불행한 사람임을 알게 될 것이다. 그는 완전한 사람이 되기를 원하지만, 자신이 매우 불완전한 사람임을 알게 될 것이다. 그는 다른 사람들로부터 사랑과 존경을 받고 싶어 하지만, 그들이 자신의 결점을 보고 피하고 경멸한다는 것을 알게 될 것이다. 그런 사람은 자신의 욕망이 충족되지 않은 것을 보고 범죄적인 행동에 빠지게 된다. 그는 자신에게 거슬리는 진리를 증오하기 시작하고, 이 진리를 없애기를 원한다. 그러나 진리를 없앨 수 없기에 그는 마음속으로 혹은 다른 사람들 앞에서 할 수만 있다면 진리를 왜곡하려 애쓴다. 이런 식으로 그는 자신의 단점을 다른 사람들과 자기 자신에게 숨기고 싶어 한다.

-블레즈 파스칼

4월 **9**일 인간에게는 완전한 헌신으로 가득 찬 삶의 결과를 판단할 어떤 데이터도 없다. 게다가 그런 삶의 결과를 판단할 어떤 권리도 없다. 그 자신이 최소한 잠시라도 그런 삶을 살아볼 용기를 가진 후에야 그런 삶에 대해 평가와 판단을 할 수 있다. 합리적인 사람과 정직한 사람이라면 가끔 사치품의 부족과 자신이 당했던 위험이 영혼과 육체에 미친 유익한 영향을 바라지 않거나 감히 부정하지 않을 것이다.

-존 러스킨

자기 인생의 의미를 모르는 사람은 불행 **4**월 **10**일 하다. 그럼에도 인생의 의미는 알 수 없다는 확신이 사람들 사이에 너무나 넓게 퍼져서, 사람들은 인생의 의미를 알려 하지 않는 것을 지혜를 자랑하듯이 자랑한다.

-블레즈 파스칼

무엇인지 모르면서 보고 있고, 무엇 위에 서 있는지 모르면서 서 있는 사람들은 불행하다.

-탈무드

"나는 세상에다가 불을 지르러 왔다. 불 **4월 11일**
이 이미 붙었으면 내가 바랄 것이 무엇이
더 있겠느냐? 너희는 내가 세상에 평화를 주러 온 줄로 생각하느
냐? 내가 너희에게 말한다. 그렇지 않다. 도리어 분열을 일으키러
왔다."

-누가복음 12장 49절, 51절

개인과 인류 전체의 삶은 육체와 정신의 끊임없는 싸움이다.
이 싸움에서 정신이 항상 승리자가 된다. 그러나 이 승리는 결코
최종적인 것이 아니며, 이 끝없는 싸움이 바로 삶의 본질이다.

-레프 톨스토이

4월 12일 경쟁으로는 어떤 훌륭한 일도 할 수 없
으며, 오만해서는 어떤 고결한 일도 할
수 없음을 항상 기억하라.

순종이 아니라 기도로 하느님을 섬길 수 있다고 생각하지
말라.

-존 러스킨

4월 13일　　　인간의 욕망은 처음엔 거미줄 같다가 나중엔 두꺼운 밧줄이 된다.

욕망은 처음에는 낯선 사람 같다가 다음엔 손님이 되고, 결국에는 집주인이 된다.

-탈무드

모든 무절제는 자멸의 시작이다. 그것은 조만간 집의 기초를 씻어버릴 집 아래의 보이지 않는 물줄기다.

-존 스튜어트 블래키*

---

* 영국의 시인이자 인문학자(1809~1895).

너의 뜻을 행하듯이 하느님의 뜻을 행하라. 그러면 하느님은 당신의 뜻을 행하듯이 너의 뜻을 행할 것이다. 하느님이 원하시는 대로 너의 욕망을 포기하라. 그러면 하느님은 네가 원하는 대로 다른 사람들이 자신의 욕망을 포기하도록 할 것이다.

-탈무드

4월 **14**일

네가 바르고 진실한 마음으로 "주여, 나의 주여, 당신이 원하시는 데로 저를 데려가 주소서"라고 말할 수 있을 때, 너는 노예 상태에서 벗어나 진실로 자유로운 사람이 될 것이다.

-에픽테토스

4월 15일

목동이 자기 양 떼에게 화가 나면, 눈먼 양을 양 떼의 인솔자로 삼는다.

대중의 신상(神像)들이 이미 무너졌을 때, 즉 대중의 도덕적 이상과 최고의 열망이 이미 무너졌을 때 비로소 대중을 이길 수 있다.

-탈무드

사람들이 서로 싸우지 않고 달성할 수 있는 것은 종교적 이상뿐이다. 그러나 사람들이 사랑으로 더 단단히 결합할수록 종교적 이상은 더 빨리 달성된다. 투쟁의 법칙은 우리 시대에 인간 삶의 법칙으로 인정되고 있다. 이것은 우리 시대의 이상이 종교적이지 않다는 것을 확실히 보여준다.

-존 러스킨

만약 군중이 누군가를 미워하면, 그것을 **4**월 **16**일
판단하기 전에 그 이유를 면밀히 연구해
야 한다. 만약 군중이 누군가를 열광적으로 좋아하면, 그것을 판
단하기 전에 역시 그 이유를 면밀히 연구해야 한다.

　현자는 말하는 사람을 보고 그 말에 의미를 부여하지 않으며,
하찮은 사람이 한 말이라고 해서 그 말을 무시하지도 않는다.

-중국의 금언

4월 **17**일　　　우리가 희생정신을 발휘하는 것보다 다
른 목적을 위해 일상에서 희생이 훨씬
더 많이 필요할 때, 희생을 위한 희생의 합목적성을 주장하는 것
은 일견 불합리해 보인다. 그러나 희생이 그 자체로 충분히 인정
받거나 선한 것으로 간주되지 않기 때문에 우리가 반드시 희생
해야 할 때 우리는 희생정신을 발휘할 수 없다. 대체로 우리는 희
생이 자기 자신에게 이득이 된다고 생각할 때 희생정신을 발휘
한다.

-존 러스킨

4월 18일

"자기 목숨을 얻으려는 사람은 목숨을 잃을 것이요, 나를 위하여 자기 목숨을 잃는 사람은 목숨을 얻을 것이다."

-마태복음 10장 39절

하늘과 땅은 영원하다. 하늘과 땅이 영원한 이유는 그 자신을 위해 존재하지 않기 때문이다.

이 때문에 하늘과 땅은 영원하다.

그러므로 성인은 자신을 버림으로써 구원을 얻는다. 그가 자신을 위해 아무것도 구하지 않기 때문이다. 이런 까닭에 그는 자신이 해야 하는 모든 일을 한다.

-노자

삶에서 중요한 것이 단 하나가 있는데, **4**월 **19**일
그것은 진실을 지키고 정의에 따라 행동
하는 것이다. 즉, 인간의 거짓과 불의와 끊임없이 부딪치면서도
스스로 온순해지려고 애쓰는 것이다.

-마르쿠스 아우렐리우스

물고기, 쥐, 늑대의 특권은 수요와 공급의 법칙에 따라 살아야
한다는 것이다. 인간 생활의 법칙은 정의이다.

-존 러스킨

4월 20일

말을 많이 하는 사람은 자기가 한 말을 잘 실천하지 않는다. 현자는 자신의 말이 행동에 앞설까 봐 늘 걱정한다.

지혜로운 사람은 자신의 행동이 말과 일치하지 않을까 봐 걱정하면서 빈말을 하지 않는다.

-중국의 금언

4월 21일

인간을 위해 봉사하는 여섯 군데 신체 부위가 있다. 그중 셋은 사람이 통제할 수 있고, 셋은 통제할 수 없다. 눈, 귀, 코는 사람이 통제할 수 없다. 사람은 원하지 않는 것도 눈으로 보고, 귀로 듣고, 코로 냄새를 맡기 때문이다. 그러나 입, 손, 다리는 사람이 통제할 수 있다. 사람이 원하면 입은 가르치고 설명하거나 비난과 비방을 퍼뜨릴 수 있다. 손은 착한 일을 하기도 하고 남의 재산을 빼앗거나 심지어 남을 죽이기도 한다. 다리는 추잡한 장소나 현자의 집을 드나들 수 있다.

-탈무드

빠른 전차처럼 질주하는 분노를 억제하 **4**월 **22**일
는 사람을 나는 믿음직한 마부라 부를
것이다. 무력한 마부들은 말의 고삐만 붙잡을 뿐이다.

-부처의 가르침

　우리를 화나게 하는 것보다 우리 자신의 분노나 노여움이 우
리에게 더 큰 해를 끼친다.

-존 러벅*

* 영국의 인류학자이자 고고학자, 생물학자(1834~1913).

4월 23일

항상 일하라. 자신을 위한 일을 불행이나 짐이라 생각하지 말 것이며, 일한 것에 대한 칭찬이나 공감을 바라지 말라. 공동의 선, 바로 이것이 네가 원해야만 하는 것이다.

-마르쿠스 아우렐리우스

사람의 참된 믿음은 그에게 평안이 아니라 수고할 힘을 주기 위한 것이다.

-존 러스킨

혀가 순하면 혀보다 더 좋은 것이 없고,
혀가 악하면 혀보다 더 나쁜 것이 없다.

4월 24일

현자들 사이에서 평생을 지내다 보면, 사람에게 침묵보다 더 좋은 것은 없음을 알게 된다.

말이 많은 사람은 죄를 짓지 않을 수 없다.

말의 가치가 동전 한 닢이라면 침묵의 가치는 동전 두 닢이다.

침묵이 현명한 사람에게 어울린다면, 어리석은 사람에게는 더욱더 잘 어울린다.

-탈무드

제자가 현자에게 물었다.

"제가 평생 실천해야 할 것을 한마디 말로 한다면 어떤 것이 있습니까?"

현자가 대답했다.

"그것은 바로 '서(恕)'다. 이 말의 의미는 남이 나에게 하지 않았으면 하는 것을 나도 남에게 하지 말라는 것이다."

-중국의 금언

그러므로 모든 면에서 너희는 남에게서 바라는 대로 남에게 해주어라. 이것이 율법과 예언서의 정신이다.

-마태복음 7장 12절

4월 26일   네가 여자를 향한 음탕한 집착의 뿌리
를 잘라내기 전까지 너의 영혼은 지상
의 것에 묶여 있을 것이다. 젖먹이 송아지가 어미 소에 매달리
듯이.

음욕에 마음을 빼앗긴 사람은 덫에 걸린 토끼처럼 허우적거린
다. 항상 탐욕의 족쇄에 묶여 있는 사람은 오랫동안 고통을 당하
게 된다.

-부처의 가르침

사람들은 권력에서, 학문에서, 음욕에   **4월 27일**
서 행복이나 행운을 찾는다. 실제로 행
복 가까이에 있는 사람은, 모든 사람이 아닌 단지 몇몇 사람만이
소유할 수 있는 것에는 행복이 있을 수 없음을 깨닫는다. 그들은
인간의 진정한 행복은 모든 사람이 분열과 시기 없이 다함께 소
유할 수 있다는 것을 깨닫는다. 행복은 원하지 않는 한 누구도 잃
을 수 없는 것이다.

-블레즈 파스칼

옷을 잘 차려입은, 병약하고 욕망에 사로잡힌 저 망령을 보라. 망령은 힘이 없다. 망령은 자신을 보호할 수 없으며 병들고 연약한 몸은 피로에 찌들어 있다. 몸은 산산조각이 날 준비가 된 것처럼 그 안의 생명은 이미 죽음을 향하고 있다. 겉으로 드러난 두개골은 가을에 딴 호박 같다. 그런데도 여전히 즐거워하고 기뻐할 수 있는가?

유해를 위해 만들어진 이 요새는 고기로 뒤덮여 있고 피를 먹고 산다. 이 요새에는 늙음과 죽음, 오만과 거만이 살고 있다. 황제들의 값비싼 전차들은 망가지고, 몸은 늙어서 부스러진다. 선인(善人)들의 가르침만이 진부하지 않고 소멸되지 않는다. 고귀한 사람들이 고귀한 사람들에게 선포하게 하라.

-부처의 가르침

4월 29일 무지(無知)를 두려워하라. 그러나 거짓 지식을 더 두려워하라. 기만의 세계에 눈길을 돌리지 말고, 자신의 느낌을 믿지 말라. 느낌은 거짓말을 한다. 그러니 바로 너 자신 속에서 너 자신을 초월한 영원한 인간을 찾아라.

실제로 무지는 공기가 통하지 않는 밀폐된 그릇과 비슷하다. 새장에 갇힌 새처럼 영혼은 무지 속에 갇혀 울 수도 없고 날개를 펼칠 수도 없다. 그러나 깨달음을 얻지 못하고 영적 지혜의 인도를 받지 못한 사변적인 가르침보다는 차라리 무지가 더 낫다.

-부처의 가르침

이상은 바로 너 자신 속에 있다. 이상을 **4**월 **30**일
달성하는 데 장애가 되는 것도 너 자신
속에 있다. 너의 마음 상태가 이상을 실현하기 위한 재료이다.

철학자는 가장 높은 것을 자기 수준까지 끌어내리고, 가장 낮은 것을 자기 수준까지 끌어올리는 사람이며, 자신을 모든 생명체의 형제이자 그것과 동등하다고 느끼는 사람이다.

-**토머스 칼라일***

---

* 영국의 사상가이자 역사가(1795~1881). 물질주의와 공리주의에 반대하여 인간 정신을 중시하는 이상주의를 제창하였다.

오늘 하루, 톨스토이처럼

MAY

5월 **1**일 　　이성적인 사람이 사랑하는 까닭은 사랑이
　　　　　　　　자기에게 득이 되기 때문이 아니라 바로 그
사랑 속에서 행복을 발견하기 때문이다. 이성적인 사람은 더할
수 없이 높고 무한한 존재가 있으며, 자신이 이 존재에 의존하고
있음을 알고 있다. 이성적인 사람은 고통이 자기에게만 있는 것
이 아니라는 것을 알고 있다.

-블레즈 파스칼

네가 사랑하고 기도하고 괴로워한다면 너는 인간이다.

-인도의 금언

가장 작은 것도 모두 세상에 드러날 것이　　　**5**월 **2**일
다. 즉, 감추어둔 모든 것은 조만간 겉으로
드러날 것이다. 감추어둔 것이 금방 드러나지 않아도 그것은 조
만간 틈새로 보일 것이다.

-공자

"숨겨둔 것은 드러나고, 감추어둔 것은 알려져서 환히 나타나
기 마련이다."

-누가복음 8장 17절

죽기 하루 전까지 회개하라. 즉, 매일매일 **5**^월 **3**^일
회개하라. 이런 의미로 솔로몬 왕은 이렇
게 말했다.

"언제나 깨끗한 옷을 입고 있고, 머리에는 성유를 듬뿍 발
라라."

이 말은 다음의 비유와 비교할 수 있다.

"왕이 신하들을 연회에 초청했지만 연회가 열리는 시간을 말
하지 않았다. 사려 깊은 신하들은 궁전에서 연회 준비가 되었으
리라고 생각하고 왕이 베푸는 연회에 참석할 채비를 했다. 그러
나 어리석은 신하들은 왕이 베푸는 연회에는 많은 준비가 필요
하니 아직 시간이 충분하다고 생각했다.

그런데 갑자기 연회에 참석하라는 어명이 떨어졌다. 지혜로운
신하들은 연회복 차림으로 나타났지만, 어리석은 신하들은 몸치
장할 시간이 없었다. 왕은 지혜로운 신하들을 보고 기뻐했으나
어리석은 신하들을 보고는 화를 내며 말했다. '준비된 자들은 자
리에 앉아 연회에 참석하고, 준비가 안 된 자들은 서서 구경하도
록 하라.'"

-탈무드

5월 4일

당신들은 사람이 볼 수 있는 것보다 훨씬 더 많은 아름다움을 신이 창조했다고 생각하면서 기뻐해야 한다. 그러나 인간의 영혼이 이해할 수 있고, 손이 고칠 수 있는 것보다 훨씬 더 많은 악을 인간이 저질렀다고 생각하면서 슬퍼해야만 한다.

-존 러스킨

즐거움을 유지하는 주요한 비밀은 하찮은 일에 불안해하지 않고, 우리를 찾아온 작은 기쁨을 소중히 여기는 것이다.

-새뮤얼 스마일스*

---

* 영국의 작가이자 도덕주의자(1812~1904).

누구나 가능한 모든 행복을 누리려고 끊임
없이 노력한다. 그러나 인간이 누릴 수 있
는 최고의 행복은 이성의 법칙에 따라 행동하는 것이다. 이 법칙
에 따라 너는 다른 사람들에게 쉴 새 없이 선을 행해야 한다. 이
것이 너 자신을 위한 최고의 행복이다.

-마르쿠스 아우렐리우스

악을 선으로 갚아라.

-탈무드

원수에게 어떻게 복수할 것인가? 가능하면 원수에게 더 많은
선을 행하려 노력하라.

-에픽테토스

5월 6일

결함이 없는 것을 결함이 있다고 생각하고, 결함이 있는 것을 결함이 없다고 생각하는 사람은 거짓 견해에 빠져 사악한 멸망의 길로 나아간다.

참된 가르침을 따르면서 결함 속에서 결함을 이해하고, 무결함 속에서 무결함을 이해하는 사람만이 행복의 길로 나아간다.

-부처의 가르침

최고의 학자는 이성에 대해 듣고 실천하려 노력할 것이다. 평범한 학자는 이성에 대해 듣고 그것을 지키고 때론 지키지 않을 것이다. 열등한 학자는 이성에 대해 듣고 그것을 조롱할 것이다. 만약 이성이 조롱당하지 않으면 그것은 이성이 아니다.

-노자

악은 물질계를 위해 존재하는 것이 아니라
선에 대한 의식과 선과 악 사이에서 선택
할 자유가 주어진 모든 인간을 위해 존재한다.

-마르쿠스 아우렐리우스

모든 것은 하느님으로부터 나오기 때문에 선하다. 악은 우리
의 근시안적인 시각 때문에 보이지 않는 선일뿐이다.

-블레즈 파스칼

두 개의 진리가 서로 모순된다고 생각하는 지점에 아직 도달
하지 못했다면, 당신은 아직 사색을 시작하지 않은 것이다.

-레프 톨스토이

5월 **8**일

우리는 모두 "아버지의 나라가 오게 하시며"라고 매일 기도하라고 배웠다. 어떤 사람이 거리에서 하느님을 걸고 맹세하는 소리를 듣게 되면, 우리는 그 사람이 괜히 그분의 이름을 불러댄다고 분노하며 말한다. 그러나 우리는 전혀 걱정하지 않는 것, 전혀 필요 없는 것을 하느님께 간구하면서 스무 배나 더 그분의 이름을 쓸데없이 불러댄다. 하느님은 그런 간구를 좋아하지 않는다. 당신에게 필요한 것이 없으면 간구를 하지 말라. 그런 기도는 하느님을 가장 크게 조롱하는 것이다. 나뭇가지로 하느님의 머리를 때렸던 병사들도 우리만큼 하느님을 조롱하지는 않았다.

만약 우리가 하느님 나라의 강림을 원하지 않는다면 하느님 나라가 임하라고 기도해서는 안 된다. 만약 우리가 하느님 나라의 강림을 원한다면, 우리는 하느님의 나라가 임하라고 기도할 뿐 아니라 그 나라가 임하도록 노력해야 한다.

-존 러스킨

"누구든지 제 목숨을 구하려고 하는 사람은 목숨을 잃을 것이요, 누구든지 나를 위하여 제 목숨을 잃는 사람은 목숨을 구할 것이다. 사람이 온 세상을 얻고도 자기를 잃거나 빼앗기면 무슨 이득이 있겠느냐?"

5월 **9**일

-누가복음 9장 24~25절

언제 너는 모든 사람에 대한 사랑의 지극한 행복을 이해할 것이냐? 언제 너는 자신의 행복을 위해 다른 사람들의 목숨을 필요로 하지 않으면서 생명을 이해하고 슬픔과 음욕에서 벗어날 것이냐? 언제 너는 참된 행복이 자연의 아름다움이나 다른 사람들에게 달려있는 것이 아니라 항상 네 손안에 있음을 깨달을 것이냐?

-마르쿠스 아우렐리우스

5월 **10**일 　　　지식을 얻으려면 사물의 본질을 연구해
　　　　　　　　　　야 한다. 그러므로 참된 지식을 얻고자
하는 사람은 모든 존재가 따르는 사물의 원인이나 법칙을 연구
해야 한다.

　본질적으로 이성적인 인간의 영혼은 사물의 이치를 끝까지 파
고들어 지식을 완전히 이해할 수 있다. 모든 사물은 일정한 원인
에 따라 존재하고, 일정한 법칙에 따라 만들어졌기 때문이다. 그
러므로 항상 끊임없이 이 원인과 법칙을 연구하는 사람은 누구
나 지식을 얻을 것이다. 참된 지식을 얻은 사람은 사물과 인간 영
혼의 본질을 분명히 이해할 것이다. 바로 이러한 지식을 완전하
고 참된 지혜라고 부른다.

-공자

　눈에 보이지 않고 감지할 수 없는 것, 정신적인 것, 우리가 자기
안에서 스스로 인식하는 것만이 진실한 것이다. 눈에 보이고 감
지할 수 있는 것은 모두 우리의 느낌이 만들어낸 것으로 단지 그
렇게 보일 뿐이다.

-레프 톨스토이

창조주는 이익이 아닌 정의가 모든 인간 행동의 척도가 되도록 미리 정했다. 이 때문에 이익의 정도를 정하려는 온갖 노력은 항상 무익하다. 어떤 사람도 일정한 행동이나 모든 행동의 최종적인 결과가 자신과 다른 사람들에게 어떻게 나타날지 결코 알 수 없었으며, 알지 못하고, 알 수 없을 것이다. 그러나 모든 사람은 어떤 행동이 정당하고 부당한지 알 수 있다. 우리는 모두 정의가 다른 사람들과 우리에게 최상의 결과를 가져오리라는 것을 알고 있다. 하지만 그 최상의 결과가 어떨지, 무엇일지는 미리 알 수 없다.

5월 11일

-존 러스킨

5월 12일

지혜로운 사람은 모든 것에서 자신에게 도움이 되는 것을 발견한다. 그러므로 그의 재능은 모든 사람과 모든 것으로부터 좋은 것을 얻어내는 데 있다.

-존 러스킨

지혜로운 사람은 오직 자신에게 모든 것을 요구하지만, 하찮은 사람은 다른 사람들에게 모든 것을 요구한다.

-중국의 금언

5월 13일

세속적인 가르침에 따르면 가장 어려운 일이 그리스도의 법으로 보면 정반대로 가장 쉽다.

세속적인 가르침에 따르면 그리스도의 가르침을 따르는 삶은 매우 힘들다. 그러나 그리스도인들에게 그리스도의 가르침을 따르는 삶은 쉽다.

세속적인 가르침에 따르면 부와 권력보다 더 좋은 것은 아무것도 없다. 그러나 그리스도인들에게 부와 권력을 가진 삶보다 더 힘든 것은 아무것도 없다.

-블레즈 파스칼

우리는 대중적인 삶의 이상을 달성하려고 노력해야만 하는가? 이 대중적인 삶의 이상 때문에 사회적 사다리의 층계를 따라 올라가는 출세는 사람들을 매혹하기보다는 오히려 두렵게 만든다.

-존 러스킨

지혜로운 사람은 자신이 원하는 선을 행할 수 없어 괴로워하지만, 사람들이 자기를 알아주지 않는다거나 잘못 판단한다고 해서 괴로워하지는 않는다.

-중국의 금언

우리는 다른 사람들의 행복을 배려하다 보면 우리 자신의 행복을 발견하게 된다.

-플라톤*

살아서도 죽어가면서도 선을 행하라. 그렇지 않으면 언젠가 너는 반드시 선이 아니라 악을 위해 일하게 된다.

-존 러스킨

* 고대 그리스의 철학자(B.C.428?~B.C.347?). 소크라테스의 제자로 아카데미를 개설하여 생애를 교육에 바쳤다. 철학자가 통치하는 이상 국가의 사상으로 유명하다. 저서에《소크라테스의 변명》,《향연》등이 있다.

5월 15일 우리는 대상(對象)들이 불완전하기 때문에 그것들을 좋아한다. 하느님은 대상들이 불완전하도록 미리 정해 놓았다. 그리고 노력이 인간 생활의 법칙이 되게 하고, 자비가 인간 법정의 법칙이 되도록 했다. 하느님만이 완전무결하다. 인간은 지혜로워질수록 하느님의 일과 인간의 일 사이의 무한한 차이를 더 잘 느끼게 된다.

-존 러스킨

"이 백성이 입술로는 나를 공경해도 마 **5월 16일**
음은 나에게서 멀리 떠나 있다. 그들은
사람의 훈계를 교리로 가르치며 나를 헛되이 예배한다."

-마태복음 15장 8~9절

학식 있는 사람과 하느님을 사랑하는 사람을 누구와 비교할 수 있을까? 그들은 손에 연장을 든 장인과 비교될 수 있다. 학식 있는 사람은 하느님을 향한 사랑으로 마음이 따뜻해지지 않아서 연장이 없는 장인과 비슷하며, 하느님을 사랑하나 학식이 없는 사람은 연장은 가지고 있지만 기술이 없는 장인과 비슷하다.

-탈무드

자신의 노동으로 빵을 얻지 않는 계층의
사람들 속에 진실로 종교적 행위나 순수
한 도덕성이 존재하게 하는 것은 물리적으로 불가능하다.

5월 **17**일

두 손으로 일하지 않고서는 그 누구도 인식할 가치가 있는 것을 배울 수 없다. 알곡을 싸고 있는 껍질을 두 손으로 비벼야만 일용할 빵을 얻을 수 있다.

-존 러스킨

5월 **18**일

누구에게도 거칠고 난폭하게 대하지 말라. 다른 사람도 똑같이 너를 대할 수 있기 때문이다. 분노는 고통을 수반하고, 공격은 공격을 불러온다.

-부처의 가르침

모든 사람에게 먼저 인사하라. 기회가 있을 때만 사람들과 친하게 지내는 것으로는 불충분하다. 즉, 가까운 사람과 언쟁을 하지 않고, 인사에 답하는 것만으로는 불충분하다. 반목과 불화가 생기지 않도록 화해를 하고, 반목과 불화를 예방해야 한다. 이미 평화적 개입의 필요성이 제기된 경우라면 누구도 성공을 장담할 수 없다.

-탈무드

5월 19일

만약 네가 진실로 자유롭기를 바란다면, 신에게서 받은 것을 신께 바칠 준비가 되어있어야 한다는 것을 기억하라. 너는 죽음뿐만 아니라 극심한 고통과 고문을 당할 준비도 되어있어야 한다.

이전에 종종 그랬듯이, 많은 도시와 민족이 참된 자유가 아니라 속세의 거짓 자유를 위해 생명을 바쳤다. 또 수많은 사람이 고통스런 삶에서 벗어나길 바라면서 목숨을 끊었다. 거짓 자유조차도 그런 희생을 통해 달성되는데, 약간의 성가신 일과 육체적인 고통을 통해 참된 자유를 얻는다면 정말 놀랍지 않은가! 만약 네가 자유를 얻기 위해 이 정도의 대가도 지불하지 않는다면, 비록 네가 속세의 모든 명예를 얻고 황제가 된다 해도 평생 노예들 가운데 노예로 남을 것이다.

-에픽테토스

네가 누군가에게 베푼 선이 열매를 맺 **5**월 **20**일
었을 때, 왜 너는 무분별한 사람처럼 자
신의 선행에 대해 여전히 칭찬과 포상을 간청하는가?

　선행과 선행 사이에 아주 작은 틈도 벌어지지 않도록 계속 선
을 행하라. 바로 이것이 인생을 즐기는 것이다.

-마르쿠스 아우렐리우스

　선행은 증오나 고용이 아니라 오직 사랑에 의해서만 생겨난다.

-존 러스킨

5월 21일

진짜 위대한 사람들은 자신이 연약한 존재라는 이상한 인식을 가지고 있다. 그들은 위대한 것이 자기 안에 있는 것이 아니라 단지 자신을 통해 이루어진다고 생각한다. 그리고 자신은 하느님이 주신 것만 할 수 있고, 오직 하느님이 주신 대로 될 수 있다고 생각한다.

-존 러스킨

명예는 명예를 뒤쫓는 사람에게서는 달아나고, 명예를 피하는 사람을 뒤쫓아 간다.

자신의 영광에 대해 걱정하지 않고 하느님의 영광을 드높이려 열심히 일하는 사람은 자신의 영광과 함께 하느님의 영광을 드높인다.

사람이 하느님의 영광을 위해 노력하지 않고 자신의 영광만을 위해 힘쓸 때, 하느님의 영광은 그대로지만 그의 영광은 작아진다.

-탈무드

사람들이 악을 행하는 경우, 그들은 바
로 자기 자신에게 악을 행하는 것이다.

그들은 너에게 악을 행할 수 없다. 너는 악을 행하고 사람들과 함께 죄를 짓기 위해 태어난 것이 아니라 사람들이 선한 일을 하도록 돕고, 거기서 자신의 행복을 발견하기 위해 태어났다.

만약 어떤 사람이 불행하다면 그 자신이 불행에 책임이 있다는 것을 깨닫고 기억하라. 하느님은 모든 사람을 불행하도록 창조한 게 아니라 행복하도록 창조했기 때문이다.

신이 현실에서 우리에게 위임한 모든 것 중에서 그 일부분을 우리가 처분할 수 있도록 했다. 우리의 재산 같은 것이 그렇다. 다른 것들은 우리의 권한 밖에 있다. 말하자면 우리 것이 아니다. 다른 사람들이 끈으로 묶어서 우리에게서 강제로 빼앗아갈 수 있는 것은 우리의 재산이 아니다. 그 누구도 그 무엇도 방해할 수 없고 해를 끼칠 수 없는 것은 모두 우리의 재산이다. 자비로운 신은 참된 행복을 우리의 재산으로 주셨다. 즉, 신은 우리의 적이 아니다. 신은 우리에게 좋은 아버지처럼 행동하셨으며, 우리에게 행복을 줄 수 있는 것만을 주셨다.

그러므로 현명한 사람은 신의 뜻을 실행하고, 이렇게 마음속 깊이 묵상하는 것에만 신경을 쓴다.

'신이시여, 만약 당신이 제가 여전히 살아있기를 원하시면, 당신이 명령하시는 대로 살면서 제게 속한 모든 것 중에서 당신이 제게 주신 자유를 잘 관리하겠습니다.

그러나 제가 당신에게 더 이상 필요 없다면 당신의 뜻대로 하십시오.

저는 지금껏 오직 당신을 섬기기 위해 이 땅에서 살아왔습니다. 만약 당신이 제게 죽음을 보내시면 마치 주인의 명령과 금지를 알아듣는 하인처럼 당신의 뜻에 따라 이 세상을 떠나겠습니다. 이 세상에 있는 동안 저는 당신이 원하는 그런 사람이 되고 싶습니다.'

-에픽테토스

제자들 가운데서 누구를 가장 큰사람으
로 칠 것이냐는 물음을 놓고 그들 사이
에 말다툼이 벌어졌다. 예수께서 그들에게 말씀하셨다. "뭇 민족
들의 왕들은 백성들 위에 군림한다. 그리고 백성들에게 권세를
부리는 자들은 은인으로 행세한다. 그러나 너희는 그렇지 않다.
너희 가운데서 가장 큰사람은 가장 어린 사람과 같이 되어야 하
고, 또 다스리는 사람은 섬기는 사람과 같이 되어야 한다. 누가 더
높으냐? 밥상에 앉은 사람이냐, 시중드는 사람이냐? 밥상에 앉은
사람이 아니냐? 그러나 나는 섬기는 사람으로 너희 가운데 있다."

-누가복음 22장 24~27절

　　세상에서 물보다 더 부드럽고 겸손한 것은 없다. 그러나 그 무
엇도 견고하고 딱딱한 것을 공격하는 물보다 더 강할 수는 없다.
약한 것이 강한 것을 이긴다. 부드러운 것이 딱딱한 것을 이긴다.
세상의 모든 사람이 이것을 알고 있지만 아무도 실천하려 하지
않는다.

-노자

　　너는 곧 죽어야만 한다! 그런데 너는 여전히 거짓과 욕망에서
벗어나지 못하며, 세상의 외적인 것이 사람에게 해를 끼칠 수 있
다고 생각하는 편견을 버리지 못하며, 모든 사람을 부드럽게 대
하지 못한다.

-마르쿠스 아우렐리우스

5월 24일

악덕 하나를 없애면 악덕 열 개가 사라질 것이다.

-에두아르 로드*

우리 안에는 다른 악덕에 의해서만 유지되는 악덕이 있으며, 줄기를 자르면 가지가 떨어지는 것처럼 기본이 되는 악덕을 없애면 사라지는 악덕이 있다.

-블레즈 파스칼

---

* 스위스의 작가이자 도덕주의자(1857~1910).

황제부터 평민에 이르기까지 우리 각자 **5**월 **25**일
는 무엇보다 도덕적 자기완성에 대해
신경을 써야만 한다. 이것이 보편적 행복의 원천이기 때문이다.
시작이 완전하지 않으면 어찌 끝이 완전할 수 있겠는가?

-공자

사수가 화살을 바르게 펴듯이 현자는 불안정하고 흔들리며 고집이 세고 순종할 줄 모르는 자기 생각을 바르게 편다.

-부처의 가르침

이상하다! 사람은 밖에서 유래하는 악과 다른 사람들에게서 나오는 악, 즉 그가 없앨 수 없는 악에 분개한다. 그러나 그는 자신이 다스릴 수 있는 자신의 악과는 싸우지 않는다.

-마르쿠스 아우렐리우스

5월 26일

어떤 사람이 표명하는 생각만 듣고는 그 사람이 현실에서 우리에게 어떻게 행동할지 판단할 수 없다. 그 반대도 마찬가지다. 사람들이 행동하는 것을 보면서 왜 그가 그런 행동을 하며 그의 머릿속에 어떤 생각이 있고, 그의 마음속에 어떤 동기가 있는지 판단하기는 어렵다.

어떤 사람이 지치지 않고 활동하며, 책을 읽고, 글을 쓰고, 아침부터 밤까지 일하는 것을 내가 본다 해도 이 사람이 일하기를 좋아한다고 말하지 않을 것이다. 나쁜 일은 물론 아주 좋은 일처럼 보이는 것도 종종 나쁜 목적을 위해, 예를 들어 돈이나 명예를 얻기 위해 행해진다. 어떤 사람이 아무리 지치지 않고 일하거나 대단한 일을 했다고 하더라도 그를 성실하고 유익한 사람이라고 말할 수 없다. 그가 자신의 영혼을 위해, 즉 신과 다른 사람들을 위해 일하는 것을 알게 될 때 비로소 나는 그가 일을 좋아하고 다른 사람들에게 유익한 사람이라고 말할 것이다.

열 길 물속은 알아도 한 길 사람 속은 모르는 법이다. 그 자신만이 알고 있는 그 사람의 내적 동기를 내가 어떻게 알 수 있겠는가?

그러므로 사람은 사람을 판단할 수 없다. 즉, 사람은 다른 사람에 대해 옳고 그르다고 말할 수 없으며, 다른 사람을 칭찬하거나 비난할 수 없다.

-에픽테토스

자신의 어리석음을 인식하는 바보에게 **5**월 **27**일
는 아직 지능이 있다. 그러나 자신의 지
혜를 굳게 확신하는 사람은 어리석다. 그런 사람이 진짜 광인(狂
人)이다.

숟가락이 음식의 맛을 전혀 모르듯이, 바보는 현자 곁에서 평
생을 지내도 전혀 진리를 깨닫지 못한다.

-부처의 가르침

우리는 자신의 결점을 지적하는 사람들에게 고마워해야 한다.
우리의 결점이 너무 많기에 지적받는다고 해서 결점이 없어지지
는 않겠지만, 자신의 결점을 알게 되면 그 결점 때문에 마음이 불
안해지고 양심이 살아나 결점을 고치거나 버리려고 노력하게 될
것이다.

-블레즈 파스칼

5월 28일

인간이 지배자인 까닭은 생명체를 무자비하게 다루기 때문이 아니라 모든 생명체를 불쌍히 여기기 때문이다. 그래서 그는 선택받은 자로, 지배자로 존경을 받는다.

-부처의 가르침

그 사람과 동등하고 그 사람보다 더 고결한 사람들만이 그를 온전하게 평가할 수 있다.

사람 속에 있는 진실하고 독특한 모든 것은 신만이 아신다.

-마르쿠스 아우렐리우스

경건한 사람이 경건한 사람을 박해하든 악한이 악한을 박해하든 하느님은 박해받는 사람의 편에 선다. 심지어 경건한 사람이 악한을 박해하더라도 하느님은 박해받는 사람이 누구든 항상 그를 옹호한다.

-탈무드

자신의 운명과 창피한 싸움을 벌이지 **5월 29일**
않고 자신의 운명에 자발적으로 따르는
것이 이성적인 사람의 두드러진 특징임을 기억하라. 운명과 싸
우는 것은 동물들이나 할 짓이다.

-마르쿠스 아우렐리우스

누가 지혜로운 사람인가? 모든 사람에게서 무언가를 배우는
사람이다.

누가 강한 사람인가? 자신을 억제할 줄 아는 사람이다.

누가 부자인가? 자신의 운명에 만족하는 사람이다.

-탈무드

무엇이 우리에게 더 가까운가? 자신의 이름인가, 자신의 몸인
가? 무엇이 우리에게 더 가까운가? 자신의 몸인가, 부(富)인가?
얻는 것과 잃는 것 중 무엇이 더 견디기 힘든가? 많은 것을 가
진 사람은 더 많은 것을 잃을 수 있다. 만족할 줄 아는 사람은 굴
욕을 용납하지 않는다. 자신의 한계를 아는 사람은 파멸하지 않
는다.

-노자

5월 30일

"부자들은 들으십시오. 여러분에게 닥쳐올 비참한 일들을 생각하고 울며 부르짖으십시오. 여러분의 재물은 썩고, 여러분의 옷들은 좀먹었습니다. 여러분의 금과 은은 녹이 슬었으니, 그 녹은 장차 여러분을 고발할 증거가 될 것이요, 불과 같이 여러분의 살을 먹을 것입니다. 여러분은 세상 마지막 날에도 재물을 쌓았습니다. 보십시오, 여러분의 밭에서 곡식을 벤 일꾼들에게 주지 않고 가로챈 품삯이 소리를 지르고 있습니다. 그래서 그 일꾼들의 아우성이 전능하신 주님의 귀에 들어갔습니다."

-야고보서 5장 1~4절

5월 31일

어떤 일을 올바로 잘하려면 그 일을 할 수 있는 능력이 필요하다. 모든 사람이 이것을 알고 있다. 마찬가지로 올바로 잘 살기 위해서는 자유롭게 살 수 있어야 하고, 자유롭게 살고 싶어 해야 한다.

-에픽테토스

인내를 배우려면 음악을 공부할 때만큼 많은 연습을 해야만 한다. 그런데 우리는 교사 앞에서도 대개 연습을 게을리한다.

-존 러스킨

오늘 하루, 톨스토이처럼

JUNE

6월 **1**일 네가 하고자 했던 모든 선한 일을 완전히 성취하지 못했다고 낙담하거나 절망하지 말라.

네가 높은 곳에서 떨어졌다면 다시 위로 올라가도록 노력하라. 삶의 시련을 겸허히 견뎌야만 하고, 흔쾌히 그리고 의식적으로 너의 근본으로 돌아가야만 한다.

-마르쿠스 아우렐리우스

진리 탐구는 기쁨이 아닌 흥분과 불안을 통해 이루어진다. 그러나 진리를 찾지 않 **6**월 **2**일 고 사랑하지 않으면 파멸하기 때문에 너는 진리를 탐구해야 한다. "만약 내가 진리를 찾아 사랑하길 그 진리가 원했다면, 진리는 스스로 내게 나타났을 것"이라고 너는 말한다. 진리가 스스로 네게 나타나기도 하지만 너는 그것에 주목하지 않는다. 그러니 진리를 찾아라. 진리가 이것을 원한다.

-블레즈 파스칼

불분명한 것은 분명히 규명하고, 행하기 어려운 것은 끈기를 가지고 행해야 한다.

-공자

길에 강도가 나타나면 여행자는 홀로 길을 가지 않는다. 여행자는 누군가가 경호원을 데리고 길을 나설 때를 기다렸다가 그와 함께 안전하게 간다. 지혜로운 사람은 현실 생활에서 이렇게 행동한다. 그는 혼자 생각한다.

'세상에는 온갖 악이 많다. 어디에서 보호막을 찾고, 이 모든 악으로부터 어떻게 나 자신을 지켜야 하지? 안전하게 길을 가기 위해 어떤 길동무를 기다려야 하지? 누구 뒤를 따라가야 하나? 이 사람을 따라가야 하나, 아니면 저 사람을 따라가야 하나? 부자를 따라가야 하나, 영향력 있는 사람을 따라가야 하나, 아니면 황제를 따라가야 하나? 그러나 그들 중 아무도 나를 보호해 주지 않을 거야. 그들도 강도를 만나거나 죽임을 당하고, 슬퍼하며 불행한 일을 겪기 때문이지. 오히려 내가 따라가는 사람이 나를 덮쳐서 약탈할 수도 있어.

정말로 나 자신을 위한 믿을 만한 힘센 길동무, 결코 날 덮치지 않고 항상 보호해 주는 길동무를 찾을 수 없을까? 나는 누구 뒤를 따라가야 하는가?'

지혜로운 사람은 "신을 따라가는 것이 가장 안전하다"라고 대답한다.

신을 따라간다는 것은 무엇을 뜻할까?

그것은 신이 원하는 것을 바라고, 신이 원치 않는 것을 바라지 않는다는 뜻이다.

어떻게 그럴 수 있는가?

네 영혼 속에 새겨진 신의 법칙을 깊이 연구하라.

-에픽테토스

6월 **4**일 아첨이 심해진 이후로 법이 무너지고 풍습
이 타락했다.

-탈무드

바다가 아니라 무지가 사람들을 갈라놓고, 언어의 차이가 아
니라 적대적인 관계가 사람들을 갈라놓는다.

-존 러스킨

자연은 그 결과를 예견하고 거부하는 사람　　**6**월 **5**일
에게는 위대한 진실이 드러나는 것을 결코
허용하지 않는다. 그런 사람은 이미 아첨꾼의 포로가 되어 날이
갈수록 점점 더 아첨받기를 열심히 원하고 자신의 망상이 정당
하다고 믿고 싶어 한다.

-존 러스킨

"너희는 남에게 보이려고 의로운 일을 사 **6** **6**
람들 앞에서 하지 않도록 조심하여라. 그
렇지 않으면 너희는 하늘에 계신 너희 아버지에게서 상을 받지
못한다. 그러므로 네가 자선을 베풀 때는 위선자들이 사람들에
게 칭찬을 받으려고 회당과 거리에서 그렇게 하듯이, 네 앞에 나
팔을 불지 말아라. 내가 진정으로 너희에게 말한다. 그들은 자기
네 상을 이미 다 받았다."

-마태복음 6장 1~2절

너의 선행에 대해 비판받을 때, 그것이 가장 큰 상이다.

-마르쿠스 아우렐리우스

6월 7일

만약 네가 다른 사람들에게서 아무것도 기대하지 않고 아무것도 받기를 원하지 않으면, 꿀벌이 다른 꿀벌을 두려워하지 않고 말이 다른 말을 두려워하지 않듯이 너는 다른 사람들을 두려워하지 않을 것이다. 그러나 너의 행복이 다른 사람들에게 달려있다면, 너는 반드시 사람들을 두려워할 것이다.

이런 생각에서 시작해야만 한다. 즉, 우리에게 속하지 않은 모든 것을 버려야 하고, 소유물이 우리의 주인이 될 수 없도록 그것을 버려야 하고, 자신의 육체와 육체에 필요한 모든 것에 대한 애착을 버려야 한다. 또 부(富)에 대한 사랑, 영광과 지위와 명예에 대한 사랑을 버려야 한다. 이런 의미에서 자식과 아내와 형제들도 버려야 한다. 이 모든 것은 나의 소유물이 아니라고 자신에게 말해야만 한다.

그러면 우리는 인간의 폭력을 폭력으로 근절할 필요가 없을 것이다. 여기 감옥이 있다. 감옥이 있다고 해서 내가, 내 영혼이 어떤 피해를 입는가? 왜 나는 감옥을 허물어야 하는가? 왜 폭력을 행사하는 사람들을 공격해야 하는가? 그리고 왜 그들을 죽여야 하는가? 그들의 감옥도, 족쇄도, 무기도 내 영혼을 노예로 만들지 못할 것이다. 내 육체를 붙잡을 수 있지만 내 영혼은 자유롭다. 나는 내가 원하는 대로 살고 있으므로 아무도 내 영혼을 방해할 수 없다.

나는 어떻게 이런 상태에 도달했는가? 나는 나의 뜻을 접고 신의 뜻에 따랐다. 내가 열병에 걸리기를 신이 원하시는가? 나도 열병에 걸리기를 원한다. 신은 내가 저게 아니라 이걸 하기를 원하시는가? 나도 이걸 하기를 원한다. 내게 무슨 일이 일어나기를 신이 원하시는가? 나도 무슨 일이 일어나기를 원한다. 신이 원하시지 않으면 나도 원하지 않는다. 내가 죽거나 고문당하기를 신이 원하시는가? 나도 죽기를 원하고, 고문당하기를 원한다.

-에픽테토스

6월 **8**일   만약 당신에게 노동이 중요하고 품삯은 부차적인 것이라면, 노동과 노동을 창조하신 하느님이 당신의 주인이다. 그러나 당신에게 품삯이 중요하고 노동은 부차적인 것이라면, 당신은 품삯과 품삯을 만든 악마의 노예이다. 게다가 악마 중에서도 가장 천하고 가장 저급한 악마의 노예이다.

모든 낭비 중에서 가장 허용할 수 없는 것은 노동의 낭비이다.

모든 훌륭한 법의 처음과 끝은 각자가 근면한 노동으로 자신의 빵을 얻게 하고, 자신의 노동에 대한 대가로 맛있는 빵을 받게 하는 것이다.

-존 러스킨

생각과 말에서 순수함을 지키고, 모든 나 **6**월 **9**일
쁜 행동으로부터 자신의 행동을 보호하라.
이 세 길에서 순수함을 지키면 너는 현자가 제시한 길로 들어설
것이다.

-부처의 가르침

지혜로운 일을 하는 만큼 사람은 더욱더 생기를 띤다.

-존 러스킨

6월 **10**일　　많이 알지만 자신의 앎을 과시하지 않는
것이 최고의 덕이다. 조금 알면서 자신
의 앎을 과시하는 것은 병이다. 이 병을 알기만 하면 우리는 병에
서 벗어날 수 있다.

-노자

천재는 항상 다른 사람보다 더 많이 일할 준비가 되어있다. 그
는 자기 일에서 좋은 것을 더 많이 끄집어내고, 자기 안에 있는
훌륭한 재능을 거의 의식하지 않기 때문에 기꺼이 자신의 모든
능력을 자기가 하는 일의 속성으로 돌린다.

-존 러스킨

6월 11일

인간 최대의 행복은 자유라고 말들 한다.

만약 자유가 행복이라면 자유인은 불행해질 수 없다. 즉, 어떤 사람이 불행하고 고통을 당하고 불평을 한다면 그는 자유인이 아니다. 그는 분명 누군가의 노예이거나 무언가의 노예이다.

자유가 행복이라면 자유인은 비열한 사람이 될 수 없다. 그러므로 어떤 사람이 다른 사람들 앞에서 비열해지거나 아첨을 하면 그 사람도 자유인이 아니다. 그는 밥을 얻어먹거나 벌이가 좋은 직책, 혹은 무언가를 더 얻으려 애쓰는 노예이다. 작은 행복을 얻으려 애쓰는 사람은 조금 비굴하게 행동하고, 큰 행복을 얻으려 애쓰는 사람은 매우 비굴하게 행동한다.

자유인은 자유롭게 관리할 수 있는 것만을 관리한다. 완전히 자유롭게 관리할 수 있는 것은 자기 자신뿐이다. 그러므로 어떤 사람이 자기 자신이 아니라 다른 사람을 관리하려고 한다면 그는 자유인이 아니다. 그는 다른 사람들을 지배하려는 욕망의 노예가 되었기 때문이다.

-에픽테토스

만약 하느님이 직접 보내셨다는 것을 우 **6월 12일**
리가 확실히 알 수 있을 만큼 훌륭한 지
도자를 우리에게 주셨다면, 우리는 자유롭고 기쁘게 그를 따랐
을 것이다.

우리는 그런 지도자들을 가지고 있지만 부족하다. 이것이 언
제나 불행한 현실이다.

-블레즈 파스칼

평안에 익숙해지지 말라. 평안은 일시적이다. 가진 사람은 잃
는 법을 배우고, 행복한 사람은 고통을 배워라.

-프리드리히 실러*

---

* 독일의 시인이자 극작가(1759~1805). 괴테와 함께 고전주의 예술이론을 확립했다. 작
품에 희곡 〈오를레앙의 처녀〉, 〈빌헬름 텔〉 등이 있다.

6월 13일

"선생님, 율법 가운데 어느 계명이 중요합니까?" 예수께서 그에게 말씀하셨다. "'네 마음을 다하고, 네 목숨을 다하고, 네 뜻을 다하여 주 너의 하느님을 사랑하여라' 하였으니 이것이 가장 중요하고 으뜸가는 계명이다. 둘째 계명도 이것과 같은데 '네 이웃을 네 몸과 같이 사랑하여라' 한 것이다. 이 두 계명에 온 율법과 예언서의 본뜻이 달려 있다."

-마태복음 22장 36~40절

율법은 잘 이해하나 하느님에 대한 사랑을 모르는 사람은 외부 열쇠 없이 내부 열쇠만 넘겨받은 출납계원과 같다.

-탈무드

6월 14일

하느님이 네게서 목숨을 앗아가고, 하느님의 성스러운 이름을 찬미하기 위해 네 목숨을 바쳐야 할 때도 '온 마음을 다해' 하느님을 사랑하라.

우리 조상들의 아버지인 영원한 하느님을 두려워하고, 사랑으로 하느님께 봉사하라. 두려움은 죄를 회피하도록 하고, 사랑은 하느님의 계율을 열심히 이행하도록 하기 때문이다.

-탈무드

노예가 어떻게 생활하는지 보라. 무엇보

다 그는 자유로워지기를 원한다. 그렇지

않으면 그는 자신이 자유로울 수도 없고 행복해질 수도 없다고 생각한다. 그는 이렇게 말한다.

"만약 날 자유롭게 해주면 나는 금방 행복해질 것이다. 나는 주인에게 잘 보이거나 시중을 들지 않아도 될 것이다. 나는 나와 대등한 사람과 말하듯이 주인과 말할 수 있을 것이다. 나는 주인에게 물어보지 않고도 가고 싶은 곳으로 갈 수 있을 것이다."

그러나 자유로워지자마자 그는 밥을 먹기 위해 아첨할 사람을 찾는다. 주인이 더는 그를 먹여 살리지 않기 때문이다. 이제 그는 고생하면서 울기 시작한다. 특히 어려운 일을 당하면 그는 이전의 노예 생활을 떠올리며 이렇게 말한다.

"내 주인집에서는 이렇게 나쁘지는 않았어! 나 자신을 걱정하지도 않았어. 주인이 입혀주고, 먹여주고, 신발을 주었지. 내가 아프면 날 걱정해 주었고, 일도 그다지 어렵지 않았어. 그런데 지금은 너무나 불행해. 전에는 주인이 하나였는데 지금은 주인이 얼마나 많은가! 부자가 되기 위해 나는 얼마나 많은 사람의 비위를 맞춰야만 하는가!"

그러나 노예는 아직 깨닫지 못하고 있다. 그는 부자가 되기를 원하고, 부자가 되려고 온갖 비운을 맛볼 것이다. 그가 원하는 것을 얻게 될지라도 그는 다시 여러 가지 불쾌한 일에 휩싸일 것이다.

그러나 그는 여전히 정신을 못 차리고 이렇게 생각한다.

'내가 위대한 사령관이 되면 내 모든 불행은 끝날 테고, 사람들

은 날 존중할 거야!'

　그래서 그는 원정길에 나선다. 그는 온갖 어려움을 겪고 죄수처럼 고통을 당하게 된다. 그러나 두 번째 세 번째 원정을 자청한다. 만약 그가 모든 고난과 불행에서 벗어나기를 원한다면, 먼저 정신을 차리도록 하라. 그 인생의 참된 행복이 무엇에 있는지 알도록 하라. 그리고 인생의 걸음을 뗄 때마다 그의 마음속에 새겨진 진실과 선의 법칙에 따라 행동하도록 하라. 그러면 그는 참된 자유를 얻을 것이다.

-에픽테토스

고결해진다는 것은 자유로운 영혼이 된 **6월 16일**
다는 것을 의미한다. 누군가에게 계속
화를 내고, 무언가를 끊임없이 걱정하며, 욕망에 빠진 사람은 자유로운 영혼이 될 수 없다. 자신에게 집중할 수 없거나 무언가에 마음을 홀린 사람은 보아도 보지 못하고, 들어도 듣지 못하며, 맛을 보아도 무슨 맛인지 알지 못한다.

-공자

　뜨거운 욕망의 불꽃에 휩싸인 사람, 매혹적인 것을 갈망하는 사람은 계속 음욕만을 키우며 언제나 자신을 쇠사슬로 단단히 동여맨다.
　평온의 기쁨만을 생각하는 사람, 자기 생각에 푹 빠져 다른 사람들이 어디에서도 행복을 찾지 못하는 것을 보고 행복해하는 사람은 이 죽음의 사슬을 잡아끊고 그 사슬을 영원히 던져버릴 것이다.

-부처의 가르침

6월 17일

아침처럼 분명한 것만을 말하라. 그렇지 않으면 침묵하라.

-탈무드

가장 현명한 자는 누구보다도 논쟁을 덜 하는 사람이다.

-존 러스킨

현자는 말 한마디로 완전히 깨달은 사람으로 간주되고, 우연히 던진 말 한마디로 무식한 사람으로 여겨진다. 그러므로 현자는 말을 매우 조심해야 한다.

-중국의 금언

만약 당신이 모든 사람을 의식적으로 상
냥하게 대하지 않으면, 당신은 많은 사
람을 종종 무의식적으로 잔인하게 대할 것이다. 이런 일은 부분
적으로 생생한 상상력이 부족해서 일어난다.

-존 러스킨

자선의 본질은 오직 그 속에 나타나는 사랑에 있다.

-탈무드

진실한 기독교인은 가까운 사람에게는 물론 원수에게도 행복
을 빌고, 자신의 원수뿐만 아니라 하느님의 원수에게도 행복을
빈다. 그러므로 다른 사람들에 대한 기독교인의 사랑은 종종 그
에게 기쁨이 아니라 고통을 가져다준다.

-블레즈 파스칼

6월 19일

사람들은 세상에서 일어나는 모든 것을 알 수 없고 이해할 수도 없다. 그러므로 많은 일에 대한 사람들의 판단은 불확실하다.

사람의 무지(無知)에는 두 가지가 있다. 하나는 태어나면서 지니는 순수한 무지이며, 다른 하나는 진짜 지혜로운 사람의 무지이다.

어떤 사람이 모든 학문을 공부하여 사람들이 이전부터 알았고, 지금 알고 있는 모든 것을 알게 되면 이 모든 것을 통합한 지식이 너무나 하찮아서 이 지식으로는 하느님의 세계를 실제로 이해할 수 없다는 것을 깨닫게 된다. 그는 학자들이 보통사람이나 배우지 못한 사람처럼 실제로 아무것도 모른다고 확신하게 된다.

그러나 무언가를 조금 배우고는 다양한 학문의 진수를 습득했다고 자만에 빠지는 얄팍한 사람들이 있다. 그들은 타고난 무지는 벗어났지만 모든 인간 지식의 불완전함과 무가치함을 이해한 학자들의 참된 지혜에는 이를 수 없다. 스스로 현명하다고 생각하는 그들은 세상을 흐려놓으며, 모든 것을 경솔하게 판단하여 늘 실수를 한다. 그들은 사람들을 속일 수 있고, 사람들이 종종 그들을 존경스럽게 대하기도 하지만, 보통사람들은 그들을 무익하다고 생각하면서 경멸한다. 반대로 그들은 보통사람들을 무식하다고 생각하면서 경멸한다.

-블레즈 파스칼

누가 하느님을 사랑한다고 하면서 자
기 형제자매를 미워하면 그는 거짓말

6월 20일

쟁이입니다. 보이는 자기 형제자매를 사랑하지 않는 사람이 보
이지 않는 하느님을 사랑할 수 없습니다.

-요한1서 4장 20절

이웃을 공정하게 대하라. 당신은 그를 사랑하든 사랑하지 않
든 그렇게 할 수 있다. 그러면 당신은 그를 사랑하는 법을 배우게
될 것이다. 그러나 그를 사랑하지 않기 때문에 그를 불공정하게
대하면, 당신은 결국 그를 증오하게 될 것이다.

-존 러스킨

6월 21일

세상의 모든 것은 자라나서 꽃을 피우고 자기 뿌리로 돌아간다. 자기 뿌리로 돌아간다는 것은 자연과의 합일(合一)을 뜻한다. 자연과 합일된다는 것은 영원함을 뜻한다. 그러므로 육체의 소멸에는 어떤 위험성도 없다.

-노자

법을 지키지 않고 거짓말을 잘하는 악인은 자기가 죽으면 자신의 생명이 완전히 끝날 것이라고 가볍게 생각한다. 그런 자는 모든 악을 행할 수 있는 사람이다.

-부처의 가르침

만약 연구를 하지 않거나 연구는 해도
진전이 없는 사람이 있다면, 그가 낙담

6월 22일

하거나 연구를 포기하지 않게 하라. 만약 자신이 가진 의문에 대해 이것저것 캐물으나 더 유식해지지 못하는 사람이 있다면, 이들이 낙담하지 않도록 하라. 만약 사색하지 않거나 사색은 해도 선의 원칙을 분명히 이해하지 못하고 선악을 구별하지 못하는 사람이 있다면, 그가 낙담하지 않도록 하라. 만약 선을 행하지 않거나 선은 행해도 전력을 다해 선을 행하지 않는 사람이 있다면, 그가 낙담하지 않도록 하라. 다른 사람들이 한 번에 할 수 있는 것을 그는 열 번에 해낼 것이다. 다른 사람들이 백 번에 할 수 있는 것을 그는 천 번에 해낼 것이다.

실제로 이 불변의 법칙을 따르는 사람은 아무리 무식해도 반드시 유식한 사람이 될 것이며, 아무리 연약해도 반드시 강한 사람이 될 것이다.

-중국의 금언

6월 23일

순찰병들이 방심하지 않고 요새를 지키고 성벽 주변과 내부를 지키듯이, 사람 또한 한순간도 자신에게서 눈을 떼지 말고 자신을 열심히 지켜야만 한다. 인생에서 결정적인 순간을 놓치는 사람은 반드시 지옥의 문으로 들어갈 것이다.

-부처의 가르침

증오를 친절로 보답하라. 어려움이 아직 크지 않을 때 그 어려움을 잘 살펴보라. 잘 나갈 때 어려울 때를 대비하고, 작은 일도 큰일을 하듯이 하라.

-노자

너를 모욕하는 사람의 기분에 휩쓸리지 말라. 그 사람이 널 끌고 가고 싶어 하는 길로 들어서지 말라.

악하고 비인간적인 사람들을 온화하게 대하지 않고 잔인하고 비인간적으로 대하는 사람들과 똑같이 되지 않도록 조심하라.

너를 모욕하는 사람에게 복수하는 가장 좋은 방법은 그 사람처럼 행동하지 않는 것이다.

-마르쿠스 아우렐리우스

6월 25일

매일 아침의 일출이 너를 위한 삶의 시작이 되게 하고, 매일 저녁의 일몰이 삶의 끝이 되게 하라. 이 각각의 짧은 삶이 네가 죽은 후에 다른 사람들을 위한 완전하고 열성적인 일의 흔적이 되도록 하라. 자신을 억제하기 위한 선한 노력과 네가 얻은 어떤 지식의 흔적을 남기도록 하라.

-존 러스킨

만약 지난날에 네가 지혜를 경시했고 현자들처럼 살지 않았던 것을 돌아보면서 자존심이 상하고, 현자의 영광을 얻지 못하더라도 그 때문에 슬퍼하지 말라. 네가 현자로 알려지지 않는다면 그것대로 좋은 것이다. 지금, 바로 이 순간에 네 양심이 요구하는 대로 살아갈 수 있으면 그것으로 만족하라.

-마르쿠스 아우렐리우스

사람은 생각하도록 창조되었다. 그러므 **6**월 **26**일
로 분명히 이성적으로 생각해야 한다.

이성적으로 생각하는 사람은 맨 먼저 자신이 어떤 목적을 위해 살아야 할지 생각한다. 즉, 그는 자신의 영혼과 하느님에 대해 생각한다. 그런데 세상 사람들이 무엇을 생각하는지 보라. 그들은 생각하고 싶은 대로 생각하면서도 자신의 영혼과 하느님에 대해서는 생각하지 않는다. 그들은 춤, 음악, 노래 등등의 오락에 대해 생각하고, 건축과 부와 권력에 대해 생각한다. 또 부자와 황제의 지위를 부러워한다. 그러나 그들은 사람이 된다는 것이 무엇을 의미하는지는 생각하지 않는다.

-블레즈 파스칼

사람의 주요 의무 중 하나는 우리가 하늘로부터 받은 이성의 밝은 원칙을 온 힘을 다해 밝히는 것이다.

-중국의 금언

6월 27일

"몸은 죽일지라도 영혼은 죽이지 못하는 이를 두려워하지 말고, 영혼도 몸도 둘 다 지옥에 던져서 멸망시킬 수 있는 분을 두려워하여라."

-마태복음 10장 28절

나는 영혼과 육신으로 이루어져 있다. 육신에게는 모든 것이 다 똑같다. 물질은 무엇인지를 구별할 수 있는 능력이 없기 때문이다. 영혼에게는 영혼에서 나오지 않은 것은 모두 다 똑같다. 영혼의 삶은 독립적이기 때문이다. 그러나 영혼은 과거와 미래에는 아무런 의미도 없다. 영혼의 모든 중요성은 현재에 집중되어 있다.

-마르쿠스 아우렐리우스

사람이 자기 자신 속으로 더 깊이 침잠

하면 할수록, 그리고 자신을 더 무가치

하다고 생각하면 할수록 그는 신을 향해 더 높이 올라간다.

-브라만의 가르침

사람은 분수(分數)다. 여기에서 분자는 다른 사람들과 비교된 그 사람의 가치이며, 분모는 사람으로서 자기 자신의 평가이다. 분자, 즉 자신의 가치를 크게 하는 것은 사람이 마음대로 할 수 없다. 그러나 모든 사람은 분모, 즉 자기 자신에 대한 평가를 낮게 할 수 있다. 자기 자신에 대한 평가를 낮게 함으로써 완벽에 더 가까워진다.

-레프 톨스토이

6월 29일

이성은 사람을 만들고 선은 사람을 기른다. 그러므로 이성을 존중하지 않았거나 선을 숭배하지 않았던 사람은 없다.

무엇이 되어야만 하는가? 물처럼 되어야 한다. 장애물이 없으면 물은 흐른다. 둑이 있으면 멈추고 둑에 구멍이 나면 다시 흐른다. 물은 사각형의 그릇에서는 사각형이 되고, 둥근 그릇에서는 둥글게 된다. 이 때문에 물은 그 무엇보다 더 필요하고, 그 무엇보다 더 강하다.

-노자

오, 불멸의 진리를 찾는 그대여, 만일 6^월 30^일
목적을 이루고 싶으면 자기 생각을 가
져라. 욕망에서 벗어난, 단 하나의 순수한 빛에 네 영혼의 눈길을
주어라.

불꽃이 조용한 빛을 발하게 하려면 바람이 불지 않는 곳에 등
불을 놓아야만 한다. 불꽃이 변덕스러운 바람을 맞으면 흔들리
면서 하얀 영혼의 표면에 어둡고 이상한, 믿을 수 없는 그림자를
드리운다.

연민은 영원한 화합의 법칙이고, 영원한 사랑의 법칙이다.

-브라만의 가르침

오늘 하루, 톨스토이처럼

JULY

7월 1일

설명하는 것은 괜히 시간만 허비하는 것이다. 분명히 아는 사람은 암시만 해도 이해한다. 올바로 알지 못하는 사람은 무슨 말을 해도 이해하지 못한다.

-존 러스킨

7월 2일

훌륭한 사람은 어리석은 사람의 스승이고,
어리석은 사람은 훌륭한 사람의 귀감이다.
자신의 스승을 존경하지 않고, 본받을 만한 모범을 외면하는 사람은 아무리 똑똑하다 해도 실수하기 마련이다.

-노자

당신이 어떤 사람에게 선을 가르친다 해도 선을 행하지 않으면 형제를 잃게 된다.

어떤 사람이 당신의 설교를 받아들일 마음이 없는데도 설교를 한다면 당신은 말을 잃게 된다.

지혜롭고 깨달은 사람은 형제도 말도 잃어버리지 않는다.

-중국의 금언

"눈은 몸의 등불이다. 그러므로 네 눈이 성 **7**월 **3**일
하면 네 온몸이 밝을 것이요, 네 눈이 성하
지 못하면 네 온몸이 어두울 것이다. 그러므로 네 속에 있는 빛이
어두우면, 그 어둠이 얼마나 심하겠느냐?"

-마태복음 6장 22~23절

빛이 꺼지면 네 마음에서 어두운 그림자가 네 길 위로 드리운
다. 이 무서운 그림자를 조심하라. 네 마음에서 이기적인 생각을
쫓아내기까지는 네 이성의 어떤 빛도 네 마음에서 나온 이 어둠
을 없앨 수 없다.

-브라만의 가르침

180 : 181

7월 4일   사람들은 가볍게 사랑하고 헛되이 믿으며 불의(不義)하다. 전통적으로 훌륭한 사람들의 큰 잘못은, 하느님이 우리에게 유일하게 남긴 정의로운 계율이 아닌 적선이나 인내와 희망에 대한 설교, 그리고 마음을 진정시키고 위안을 주는 수단을 통해 가난한 사람들을 도왔다는 것이다.

훌륭한 사람이 해야 하는 유일한 일은 정의로운 사람이 되어 다른 사람들에게 정의를 가르치는 것이다. 자신의 힘과 생명, 행복을 희생하는 것은 언제나 슬프지만 반드시 필요한 일이다. 하지만 영원한 삶의 법칙을 실천하는 것은 아니다.

-존 러스킨

덕이 높은 사람은 스스로 덕이 있다고 생 **7**^월 **5**^일
각하지 않는다. 그래서 그는 덕이 있다. 덕
이 낮은 사람은 스스로 덕을 잃어버리지 않았다고 생각한다. 그
래서 그는 덕이 없다. 높은 덕은 스스로 내세우지 않고 내보이지
않는다. 낮은 덕은 스스로 내세우고 내보인다.

최고의 선은 행하지만 내보이려 애쓰지 않는다. 최하의 선은
자신을 내세우면서 내보이려고 애쓴다.

최고의 정의는 행하지만 내보이려 애쓰지 않는다. 최하의 정
의는 행하면서 내보이려 애쓴다.

최고의 예는 행하면서 내보이려 애쓰지 않는다. 최하의 예는
행하지만 아무도 예에 응답하지 않으면 강제로 예의 법칙을 실
행한다.

이렇게 최고의 덕이 없어지면 선이 나타나고, 선이 없어지면
정의가 나타나고, 정의가 없어지면 예가 나타난다.

예의 법칙은 진리와 유사할 뿐 모든 무질서의 시작이다. 기지
(機智)는 이성의 꽃이나 무지의 시작이다. 그러므로 성인은 꽃이
아닌 열매를 취하고, 무지를 버리고 이성을 취한다.

-노자

7월 **6**일　　　당신은 당신의 모든 것이 하느님의 것이
되어야 한다고 굳게 믿어야 한다. 그때 당
신도 하느님의 것이 될 것이다. 당신은 자신을 하느님의 일을 실
행하라고 보낸 존재로 생각하면서 단순하고 조용히 하느님의 일
을 해야 한다. 그리고 여유로운 순간마다 다음 순간에 해야 할 일
을 생각해야 한다.

-존 러스킨

내가 너에게 하느님에 대해 말할 때, 금이 **7**월 **7**일
나 은으로 만들어진 어떤 물건에 대해 말하
고 있다고 생각하지 말라. 내가 말하고 있는 하느님을 너는 마음
속에서 느끼고 있다. 너는 자기 자신 속에 하느님을 모시고 있으
면서 부정한 생각과 혐오스러운 행위로 마음속 하느님의 형상을
더럽히고 있다. 네가 하느님이라고 생각하는 황금 우상 앞에서
는 무례한 행동을 삼가면서, 바로 네 안에 존재하면서 모든 것을
보고 듣는 하느님 앞에서는 더러운 생각과 행동을 하면서도 얼
굴조차 붉히지 않는다.

　우리가 행하고 생각하는 모든 것을 우리 안의 하느님이 보고
계신다. 이것을 항상 기억하기만 해도 우리는 죄를 범하지 않게
된다. 그러면 하느님은 언제나 우리 안에 머무를 것이다. 되도록
자주 하느님을 기억하고 하느님에 대해 생각하라.

-존 러스킨

7월 **8**일 　　　아아! 양식을 빼앗는 일이 가장 잔인한 게 아니며, 양식을 달라는 울부짖음이 가장 강한 게 아니다. 생명은 양식보다 더 소중하다.

수확을 앞둔 작물이 때 아닌 비 때문에 피해를 입듯이 어떤 부(富)는 사람이 흘린 눈물 때문에 괴롭다.

-존 러스킨

가난한 사람이 되어 좋지 않은 감정을 느끼지 않기란 어렵다. 반대로 부자가 되어 부자가 된 것을 자랑하지 않기란 아주 쉽다.

-중국의 금언

돌이 항아리 위로 떨어지면 불행한 것은 항아리다. 항아리가 돌 위로 떨어져도 불행한 것은 항아리다. 이러나저러나 언제나 항아리만 불행하다.

-탈무드

사악한 사람은 다른 사람에게 해를 끼치기 **7**월 **9**일
전에 자기 자신에게 먼저 해를 끼친다.

-아우구스티누스

사람은 하늘이 내린 불행은 피할 수 있지만, 그 자신이 자초한 불행은 피할 길이 없다.

-**동양의 속담**

7월 **10**일 "재물을 가진 사람이 하느님 나라에 들어가기는 참으로 어렵다. 부자가 하느님의 나라에 들어가는 것보다 낙타가 바늘귀로 들어가는 것이 더 쉽다.

-**누가복음 18장 24~25절**

보석을 가진다고 더 행복해진 여자가 한 명이라도 있는가? 수많은 여자가 보석을 지니려는 욕망 때문에 비천해지고 방탕해지고 불행해졌다. 황금이 가득 찬 궤를 갖고 있어서 더 행복해진 남자가 한 명이라도 있는가? 궤를 황금으로 가득 채우기 위해 저지른 모든 악을 그 누가 헤아릴 수 있겠는가?

-**존 러스킨**

7월 **11**일　　　현자는 자신에게 엄격하지만 다른 사람
　　　　　　　들에게는 아무것도 요구하지 않는다. 그
는 자신의 상태에 만족하고, 운명에 대해 결코 하늘을 원망하거
나 다른 사람들을 비난하지 않는다. 그러므로 불운에 빠지더라
도 운명에 순종한다. 반면 보통사람은 세상의 행복을 찾다가 위
험에 빠진다.

　화살이 과녁에 맞지 않을 때, 궁수는 다른 사람이 아닌 자기 자
신을 탓한다. 현자도 이처럼 행동한다.

-공자

만약 당신 나름대로 이해한 현실의 정의 **7월 12일**
를 믿으면서 다른 사람들의 행복을 원한
다면, 당신이 이해한 현실의 정의를 상대방이 믿도록 하려고 그
들에게 토로할 것이다. 이때 상대방이 잘못 이해하면 할수록, 당
신이 증명하고자 하는 것을 그들이 이해하고 인정하도록 하는
게 더욱더 중요하고 바람직하다.

그러나 우리는 종종 정반대로 행동한다. 우리는 우리의 견해
에 동의하거나 대체로 동의하는 사람과는 대화를 잘한다. 우리
가 인정하는 진리를 상대방이 믿지 못하는 부분이 있거나 심지
어 이해하지 못하더라도 그에게 이 진리를 설명하고 그 정당성
을 믿게 하려고 노력한다. 그러나 그가 계속 우리의 견해에 동의
하지 않고 고집을 부리거나 우리 말을 곡해하면, 우리는 쉽게 평
정심을 잃고 초조해한다. 상대방에게 화를 내고 불쾌한 말을 하
기 시작하거나 이렇게 우둔하고 고집이 센 사람과는 논의할 가
치가 없다고 생각하고 대화를 중단한다.

당신이 대화하면서 상대방에게 어떤 진리를 보여주고 싶다면
초조해하지 말고 불쾌하거나 모욕적인 말을 한마디도 하지 않는
것이 가장 중요하다.

-에픽테토스

7월 13일

몸과 정신, 재산을 망치는 반목으로 자신을 더럽히지 말라. 나는 흰 것이 검어지고, 고관들의 위신이 실추되고, 온 가족이 사라지고, 공후(公侯)들이 재산을 잃고, 유명한 도시가 파괴되고, 동맹이 깨지고, 경건한 사람들이 창피를 당하고, 믿는 사람들이 죽고, 고귀한 사람들이 치욕과 불명예를 뒤집어쓰는 것을 보았다. 이 모든 것이 반목의 결과이다.

-탈무드

분노는 사랑으로 이겨내고, 악은 선으로 대응하라. 인색함은 베풂으로, 거짓은 진리의 말로 물리쳐라.

-부처의 가르침

마치 네가 지금 곧 삶과 작별해야만 하는 것처럼, 너에게 남은 시간이 뜻밖의 선물인 것처럼 살아라.

-마르쿠스 아우렐리우스

어떤 사람이 칭찬받을 자격이 있으면 그를 7^월 14^일

를 칭찬하는 것을 마다하지 말라. 그렇게
하지 않으면 당신은 그에게 필요한 지지와 격려를 박탈하여 그를 합당한 길에서 벗어나게 할 수도 있다. 그뿐만 아니라 당신도 그의 노력을 공정하게 평가하는 최고의 특권을 잃게 될 것이다.

부주의한 칭찬과 비난은 많은 해(害)를 끼칠 수 있지만, 가장 큰 해는 비난에 의해 생겨난다.

-존 러스킨

7월 15일

미친 사람의 욕망은 점점 커지면서 기생 식물처럼 계속 뻗어나간다. 숲에서 나무 열매를 찾아다니면서 이 나무에서 저 나무로 뛰어오르는 원숭이처럼 욕망은 이 생명에서 저 생명으로 옮겨 다닌다.

이 저열한 욕망, 독이 가득한 이 욕망에 사로잡힌 사람은 거침없이 자라나 비비 꼬이는 기생식물에 감기듯이 고통으로 휘감기고 만다.

이 욕망, 이 세상에서 욕망을 극복하는 사람은 연잎에서 빗방울이 굴러떨어지듯 모든 고통이 그에게서 사라진다.

-부처의 가르침

만약 네가 사람들의 판단과 욕구가 어떤 **7월 16일**
샘에서 흘러나오는지 알았다면, 너는 그
들에게서 인정과 칭찬을 구하는 행동을 그만두었을 것이다.

예나 지금이나 사람들은 잠자코 앉아있는 사람도, 말이 많은
사람도, 말이 별로 없는 사람도 비웃는다. 그러므로 이 세상에서
아무도 비난을 피할 수 없다.

늘 칭찬을 받아야 할 사람이 없는 것처럼 늘 비난을 받아야 할
사람은 전에도 없었고, 앞으로도 없을 것이며, 지금도 없다.

-부처의 가르침

7월 17일

"수고하며 무거운 짐을 진 사람은 모두 내게로 오너라. 내가 너희를 쉬게 하겠다. 나는 마음이 온유하고 겸손하니 내 멍에를 메고 나한테 배워라. 그리하면 너희는 마음에 쉼을 얻을 것이다. 내 멍에는 편하고, 내 짐은 가볍다."

-마태복음 11장 28~30절

만약 괴롭고 불쾌한 일로 화가 치밀고 흥분을 느끼면 급히 너 자신에게서 물러나 너의 자제력을 빼앗을 수 있는 인상에 빠지지 말라. 우리가 평온한 마음으로 돌아가려는 훈련을 굳세게 할수록 평온한 마음을 유지하는 능력은 더욱더 강화된다.

-마르쿠스 아우렐리우스

작은 선이라도 서둘러 행하고 온갖 악으 **7**월 **18**일
로부터 달아나라. 선은 선을 부르고, 악
은 악을 낳기 때문이다. 선의 상은 선이고, 악의 벌은 악이다.

-탈무드

네 오른손이 마비될 때까지 선을 행하겠다는 마음의 결단이
없으면, 그것이 생명이든 죽음이든 상관없이 선을 행하겠다는
마음의 결단이 없다면 그 이름에 걸맞은 그 어떤 삶도 불가능
하다.

-존 러스킨

7월 **19**일　　감사의 말을 듣고 이익을 얻으려는 속셈
　　　　　　　　으로 사람들을 잘 대한다면, 거짓 선행
에 대해서는 최소한의 보상도 받지 못할 것이다. 그러나 타산적
인 생각이 전혀 없이 사람들을 잘 대하면 당신은 포상과 이익을
얻을 것이다. 모든 것이 다 그렇다. 생명을 지키려는 사람은 생명
을 잃고, 하느님을 위해 목숨을 버리려는 사람은 생명을 얻을 것
이다.

-존 러스킨

실제 삶은 덧없는 것도 아니고 쉽지도　　　**7**월 **20**일
않으며 결코 사라지는 것도 아니다. 모
든 고귀한 삶은 영원히 세상사와 엉킨 실타래를 남긴다. 이처럼
인류의 힘은 튼튼한 뿌리와 가지가 하늘로 점점 더 높이 뻗어 나
가면서 점점 더 성장한다.

-존 러스킨

이성적인 존재인 너는 모든 어리석은 동
물과 모든 물질세계를 지배할 수 있고,

7월 21일

의심 없이 그것들을 이용할 수 있다. 너와 너처럼 이성을 부여받
은 사람을 이어주는 정신적 관계를 한순간도 잊지 말고 그 사람
을 이용하라.

-마르쿠스 아우렐리우스

  우리 삶의 모든 순간에 우리는 다른 사람들과 우리를 구분 짓
는 것이 아니라 그들과의 공통점을 찾으려고 노력해야 한다.

-존 러스킨

7월 22일

살아있는 것들을 죽이고 거짓말을 하며, 남의 재산을 가로채고 남의 아내를 유혹하는 사람과 술에 취하려고 술독에 빠진 사람은 이미 다음 세상에서 자신의 뿌리 아래를 파헤치고 있는 것이다.

오, 사람아, 자기 자신을 이기지 못한 자는 스스로 파멸을 준비하고 있음을 알라. 탐욕과 허영이 너를 오랫동안 슬픔 속으로 끌어들이지 못하도록 자신을 지켜라.

걸식하는 사람들은 크고 작은 기부를 모두 받는다. 다른 사람들이 더 좋은 음식과 음료를 받는 것을 보고 상심하는 자는 낮이나 밤이나 안식을 찾지 못할 것이다.

온갖 질투의 불을 끄고, 그 뿌리를 잘라버린 사람은 낮이나 밤이나 안식을 즐긴다.

-부처의 가르침

진짜 행복은 많지 않다. 모든 사람을 위한 행복과 선만이 진정한 행복과 선이다.

그러므로 선택한 목표에서 벗어나지 않으려면 그 목표가 공동의 행복과 부합하는 선이어야 한다. 이런 목표를 위해 행동하는 사람은 행복을 얻는다.

-마르쿠스 아우렐리우스

온 마음을 다해 너의 하느님, 태초의 하느님을 사랑하라. 네 마음을 완전히 신에게 바치고, 관능적인 성벽(性癖)이 의무감에 완전히 종속되도록 평화가 마음속에 깃들게 하라.

-탈무드

7월 24일

"나와 함께하지 않는 사람은 나를 반대하는 사람이요, 나와 함께 모으지 않는 사람은 헤치는 사람이다."

-누가복음 11장 23절

정신적인 일로 몸이 고통스러울 때는 좋다. 그러나 육체적인 만족으로 정신적인 능력이 시달릴 때는 나쁘다.

죽을 때도 태어날 때처럼 순수하고 무구한 사람에게 영광이 있으라.

-탈무드

번잡한 일로 시간을 보내는 사람들 대 **7월 25일**
부분은 빨리 일을 끝내고 곧 달콤한 휴
식을 즐길 수 있으리라 상상한다. 그들은 긴장되고 번잡한 활동
에 대한 열정이 오락에 대한 욕구처럼 끝이 없고, 이 열정이 홀로
있는 것에 대한 불안에서 생긴다는 것을 알지 못한다. 그들은 일
을 좀 더 빨리 끝내고 휴식 속에서 안식을 찾고 싶어 한다. 그러
나 실제로 흥분과 불안, 소란스러운 것 말고는 아무것도 찾지 않
는다.

　번거로운 일을 한 뒤에 쉬고 싶다는 그들의 희망은 행복의 조
건이 걱정과 불안이 아니라 쉼이라는 것을 쉽게 깨닫게 한다.

　이 사람들은 평생 이렇게 살아간다. 그들은 원하는 안식을 얻
으려고 아주 열심히 온갖 장애를 극복한다. 그러나 바라던 안식
이 찾아오면 그들은 안식을 견디지 못한다. 다시 말해 영혼 깊은
곳에서 권태가 생겨나 그 독으로 마음을 가득 채운다.

-블레즈 파스칼

7월 26일

사람들은 단 하나의 자명한 진리만을 실천해야 한다.

-공자

어떤 진리도 외롭지 않다.

정당한 대의(大義)의 가장 좋은 증거는 그것이 우리의 마음을 움직이는 힘을 가지고 있다는 것이다. 대의는 우리를 감격하게 하고, 우리를 제압하고, 우리를 돕는다.

-존 러스킨

솔직히 말해 연습을 통해서만 글을 아름답게 쓸 수 있다. 이것은 의지의 문제가 아니라 습관의 문제다. 나는 이 습관의 발현과 형성을 도와주는 모든 기회가 무익했다고 생각하지 않는다.

-마르쿠스 아우렐리우스

나는 어떤 공포와 불안으로 괴로워하는

사람을 보면 이렇게 자문하곤 한다. '이 불행한 사람에게 필요한 것은 무엇인가?' 아마도 이 사람은 자기 자신이 어쩔 수 없거나 처리할 수 없는 무언가를 원할 것이다. 내가 원하는 것을 할 수 있을 때, 나는 걱정할 게 없으므로 원하는 것을 곧장 하게 된다. 예를 들어 노래하거나 거문고를 연주하는 사람을 보라. 듣는 사람 하나 없이 자신만을 위해 연주하거나 노래할 때 그는 아무 걱정이 없으며 어떤 공포나 의심으로 흥분하지도 않는다.

그러나 많은 사람 앞에서 연주할 때의 그를 보라. 그는 몹시 괴로워하며, 낯빛은 창백해지고 붉어진다. 심장은 심하게 요동친다. 그 이유는 뭘까? 그는 연주와 노래를 잘하고 싶을 뿐만 아니라 사람들의 칭찬을 받고 싶어 하기 때문이다.

그런데 이것은 그가 아니라 청중에게 달려있다. 이렇게 그는 자신이 어쩔 수 없는 것에 대해 걱정하고 고통스러워하는 것이다. 그는 노래와 연주를 잘못할까 봐 걱정하는 게 아니다. 그는 자기 일을 잘 알고 있다. 그러나 그는 자기가 하는 일에 대해 걱정하는 것이 아니라 사람들의 칭찬에 대해, 즉 자신이 어쩔 수 없는 것에 대해 걱정하고 있다. 사람이 자기에게 주어지지 않은 것을 원하고 피할 수 없는 것을 피할 때, 그의 욕망에 이상이 생긴다. 사람들이 몸에 탈이 나면 아픈 것처럼 그는 욕망 장애를 앓게 된다.

미래에 대해 불안해하거나 자신이 어쩔 수 없는 것에 대해 여러 가지 불안과 공포로 고통을 당하는 사람은 모두 이렇게 욕망 장애를 앓는다.

-에픽테토스

7월 28일 의사가 환자마다 각기 다른 처방을 내
리는 것처럼 신은 우리에게 병을 주거
나 소중한 것을 잃게 하고, 불구로 만드는 등의 처방을 내린다.

의사의 처방이 환자의 건강 회복을 위한 것처럼 신의 뜻에 따
라 사람이 당하는 우연한 사건도 인간의 도덕적 건강 회복, 개인
의 단절된 삶과 전 인류의 전체적인 삶과의 관계 회복을 위한 것
이다.

그러므로 환자가 의사가 처방한 약을 먹듯이 네 운명에 닥친
모든 것을 받아들여라. 약이 쓰다는 건 몸이 건강을 회복한다는
의미다. 환자에게 몸의 건강 유지가 중요하듯이, 보편적이고 이
성적인 자연을 위해 각각의 존재가 주어진 직분을 지키는 것 역
시 중요하다.

그러므로 너에게 일어나는 모든 일, 심지어 몹시 괴로운 일이
라도 기쁘게 받아들여야 한다. 이 우연성은 우주의 건강과 완전
무결함을 의미하기 때문이다. 신이 주재하는 자연은 이성적으로
활동한다. 그리고 자연에 존재하는 모든 것은 정확하게 통일성
을 유지하기 위해 서로 협력한다.

-마르쿠스 아우렐리우스

"너 자신을 알라"는 중요한 법칙이다. 그러나 자기 자신을 자세히 본다고 해 서 정말로 자신을 알 수 있다고 생각하는가? 아니다. 당신은 당신 바깥에 있는 것을 자세히 볼 때 비로소 자신을 알 수 있다. 당신 의 능력과 다른 사람들의 능력을 비교하고, 당신의 관심과 다른 사람들의 관심을 비교해 보라. 자기 자신의 관심을 부차적인 것 으로 생각하라. 당신 안에 특별한 것이 없다는 확신에 근거해서 다른 사람들의 장점을 보고 놀라워하라.

-존 러스킨

우리는 셋이 만나면 스승 둘을 발견할 것이다. 나는 착한 사람 을 본받으려고 노력할 것이고, 방탕한 사람을 보면서 나 자신의 행동을 고치려 노력할 것이다.

-중국의 금언

7월 30일　　　진리는 모든 존재의 처음이자 마지막
이다. 만약 진리가 없었다면 아무것도
존재하지 않았을 것이다. 그러므로 현자들은 보물을 바라보듯
진리를 바라본다.

진리는 그 자체로 존재할 뿐만 아니라 모든 것을 창조한다. 진
리는 사랑이므로 그 자체로 존재한다. 진리는 지혜, 자연스러운
덕, 외적인 것과 내적인 것을 결합하는 도(道)이므로 만물을 창조
한다. 비록 사람들이 진리를 도외시하더라도 진리는 결코 자신
의 의미를 잃지 않는다.

-공자

"아버지께서 나를 사랑하신다. 그것은 내가 목숨을 다시 얻으려고 내 목숨을 기꺼이 버리기 때문이다. 아무도 내게서 내 목숨을 빼앗아가지 못한다. 나는 스스로 원해서 내 목숨을 버린다."

-요한복음 10장 17~18절

너 자신이 악을 짓고, 스스로 괴로워한다. 너 자신이 죄를 멀리하고, 악으로부터 벗어나 자신을 깨끗이 한다. 너 자신이 스스로 깨끗하게도 더럽게도 만든다. 누구도 너의 구세주가 될 수 없다.

-부처의 가르침

사람은 영혼과 육체를 바로 자신의 것으로 생각하고 끊임없이 자신을 걱정한다. 그러나 너 자신, 너의 본질은 영혼 속에 있음을 알아라. 이 점을 깊이 깨닫고 네 영혼을 육체 위에 두고, 세상의 모든 외적인 더러움으로부터 영혼을 지켜라. 그리고 자신의 생명을 육체와 동일시하지 말고, 네 영혼의 삶과 하나가 되어라. 그러면 너는 모든 진리를 행할 것이고, 너의 사명을 수행하면서 신의 권능 안에서 평안히 살게 될 것이다.

-마르쿠스 아우렐리우스

206 : 207

오늘 하루, 톨스토이처럼

AUGUST

8월 1일

배움을 추구하는 사람은 세상 사람 앞에서 나날이 성장한다.

이성을 추구하는 사람은 날마다 작아진다.

그는 완전한 겸손에 이를 때까지 점점 더 작아진다. 완전한 겸손에 이르면 이루지 못할 것이 없다.

-노자

8월 2일

진실한 말은 유쾌하지 않고, 유쾌한 말은 진실하지 않다.

선한 사람은 논쟁을 좋아하지 않고, 논쟁을 좋아하는 사람은 선하지 않다.

지혜로운 사람은 학식이 없고, 학식이 있는 사람은 지혜롭지 않다.

성인은 아무것도 모으지 않지만 다른 사람들을 위해 더 많은 일을 하면서 더 많은 것을 얻는다.

하늘의 이성은 선을 행하나 해를 끼치지 않는다. 성인의 이성은 논쟁이 아니라 행동하도록 한다.

-노자

옛날 어느 중국 왕이 쓰던 대야에 이런 말 이 새겨져 있었다.

"매일 자신을 완전히 새롭게 하라. 다시, 또다시, 끊임없이 자신을 새롭게 하라."

-중국의 금언

현자의 선행은 먼 나라로의 여행과 높은 산 오르기를 떠올리게 한다. 먼 나라로 떠나는 사람들은 첫걸음을 떼면서 여행을 시작하고, 높은 산에 오르는 사람들은 산기슭에서 등산을 시작한다.

-공자

8월 4일

이 세상에서 헛되이 행복을 찾느라 지친 사람이 그리스도를 향해 두 손을 뻗으면 얼마나 좋겠는가!

-블레즈 파스칼

물이 가득 찬 그릇에서 물을 흘리지 않으려면 그릇을 주의해서 똑바로 잡아야 한다.

칼날을 날카롭게 하려면 끊임없이 칼날을 갈아야 한다.

황금과 보석이 집에 가득하면 지키기 어렵다.

부자, 고관, 교만한 사람은 불행을 자초한다.

가치 있는 일을 하고 영광을 얻으려면 무엇보다 은둔하는 것이 가장 좋다.

이것이 진정한 거룩함의 길이다.

-노자

단지 사람 몸의 생명만을 이해하기에도 우
리의 지식은 부족하다. 몸의 생명을 이해
하려면 무엇을 알아야 하는지 보라. 몸은 장소, 시간, 움직임, 온
기, 빛, 음식, 물, 공기 그리고 다른 많은 것을 필요로 한다. 이 모
든 것은 자연 속에서 서로 긴밀히 연관되어 있어서 하나를 알려
면 다른 하나를 연구해야 한다. 즉, 전체를 알지 못하면 부분을 알
수 없다. 우리는 몸에 필요한 모든 것을 연구해야 몸의 생명을 이
해할 수 있다. 이를 위해 전 우주를 연구해야만 한다. 그러나 우주
는 무한해서 사람은 우주를 다 이해할 수 없다. 그러므로 우리는
우리 몸의 생명을 온전히 이해할 수 없다.

-**블레즈 파스칼**

8월 6일

감옥에 있는 사람은 자기에게 어떤 판결이 났는지 모른다. 판결을 알 수 있는 시간은 한 시간 밖에 없다. 그가 자기에게 사형선고가 내려진 것을 안다면, 그 선고를 뒤집는 데 한 시간이면 충분하다. 그런데 그는 자기에게 무슨 판결이 났는지 알아보기보다 카드놀이를 하는 데 이 한 시간을 사용하고 있는 것은 아닐까? 그의 행동은 매우 불합리하다. 그러나 하느님과 영원성에 대해 생각하지 않는 사람들은 정말로 이렇게 행동한다.

-블레즈 파스칼

모든 새는 어디에 둥지를 틀어야 할지 알고 있다. 자기 둥지가 어디에 있는지 아는 새는 자기 임무가 무엇인지 알고 있다는 얘기다. 모든 존재 가운데 가장 영리한 인간이 새조차 알고 있는 것을 정말 모를 수 있을까?

-중국의 금언

"너희 가운데서 누구에게 밭을 갈거나 양을 치는 종이 있다고 하자. 그 종이 들에서 돌아왔을 때 '어서 와서 식탁에 앉아라' 하고 그에게 말할 사람이 어디에 있겠느냐? 오히려 그에게 말하기를 '너는 내가 먹을 것을 준비하여라. 내가 먹고 마시는 동안에 너는 허리를 동이고 시중을 들어라. 그런 다음에야 먹고 마셔라' 하지 않겠느냐? 이와 같이 너희도 명령을 받은 대로 다 하고 나서 '우리는 쓸모없는 종입니다. 우리는 마땅히 해야 할 일을 했을 뿐입니다' 하여라."

-누가복음 17장 7~10절

너에게 합당한 자리보다 더 낮은 자리에 앉아라.

사람들이 너에게 "밑으로 내려오라" 하고 말하는 것보다 "위로 올라가라" 하고 말한다면 더 좋을 것이다.

하느님은 스스로 높이는 사람을 낮추고, 스스로 낮추는 사람을 높인다.

-탈무드

8월 **8**일   똑똑한 소비는 똑똑한 생산보다 훨씬 더 어렵다. 스무 명이 어렵게 생산한 것을 한 사람이 쉽게 소비할 수 있다. 개개인과 국민 전체에게 생활의 문제는 얼마큼 생산하느냐가 아니라 생산품이 무엇을 위해 소비되느냐에 있다.

사람들은 개인의 실제 활동이 현대의 광범위한 생산 체계나 생산과 무역 수단을 변화시키거나 중단시키는 데 어떤 영향도 끼치지 못한다고 확신한다.

세상 사람들의 마음을 전혀 끌지 못하고, 한쪽 귀로 듣고 다른 쪽 귀로 흘려보내는 수많은 유명 일화를 곰곰이 생각하면서 나는 내가 합리적이라고 생각하는 일, 더 이상 말할 필요가 없는 일에 여생을 바치고 싶은 억누를 수 없는 욕망을 이따금 느끼곤 한다.

-존 러스킨

어떤 사람은 본성에 따른 무지한 삶을 살 **8**월 **9**일
면서 죽음과 온갖 불행을 너무나 두려워하
여 이런 것들을 전혀 생각하지 않으려 애쓴다. 그는 항상 새로운
오락과 즐거움을 찾아 자신의 불안을 덮으면서 행복을 얻을 수
있다고 생각한다. 그러나 이렇게 해서 만족을 얻을 수는 없다. 만
족을 찾는 사람은 결코 만족할 수 없기 때문이다. 그는 원했던 것
을 얻고 나면 마음이 편해지는 것이 아니라 금세 아직 충족되지
않은 새로운 욕망을 느낀다.

대체로 사람들은 왕의 삶이 최고의 삶이라고 생각한다. 그러
나 왕이 즐기는 대신 자기가 어떤 사람인지 생각할 시간을 갖는
다면 그는 자신을 위협하는 모든 것, 즉 반항, 무질서, 병, 죽음 등
을 떠올리며 자신의 불행한 상태를 깨닫게 될 것이다. 그러므로
왕이 즐겁게 시간을 보내지 않으면 카드놀이를 하며 삶을 즐기
는 말단 신하보다 더 불행한 사람이다.

-블레즈 파스칼

8월 10일

하늘의 이성은 활을 팽팽하게 당기는 사람처럼 행동한다. 그것은 더 높은 것을 낮추고 더 낮은 것을 위로 올리며, 많이 가진 사람들에게서는 빼앗고 가난한 사람들에게는 더 보태준다.

-공자

8월 11일

자기보다 더 높은 존재들의 본성에 대해 많이 생각하는 것은 자기보다 더 낮은 존재들의 본성에 대해 생각하는 것만큼이나 현자에게 맞지 않는 일이다. 자기보다 더 낮은 존재에 관심을 완전히 집중할 수 있다고 가정하는 것이 모욕이듯이, 자기보다 더 높은 존재를 이해할 수 있다고 가정하는 것은 전혀 겸손하지 않다.

자신의 상대적 위대함과 보잘것없음을 인정하고, 자연 속에서 자신의 자리를 인식하며, 자신이 하느님을 이해할 수 없고 하느님에게 종속되어 있음에 만족해야 한다. 또 열등한 생물들을 사랑과 선한 마음으로 다스리고, 그것들의 동물적 욕망을 공유하지도 모방하지도 말아야 한다. 바로 이것이 하느님께 겸손해지는 것이고, 하느님의 창조물에 대해 선해지는 것이며, 자기 자신에 대해 지혜로워지는 것이다.

-존 러스킨

사람이 하는 노동의 분명한 조건 중 하 **8**월 **12**일
나는 파종과 수확의 시기가 맞아야 풍작
을 기대할 수 있다는 것이다. 우리가 지향하는 목표가 더 원대할
수록, 노동의 결실을 직접 보고자 하는 바람이 적을수록 우리의
성공은 더욱더 커질 것이다.

-존 러스킨

　악을 행하는 자는 악행의 열매가 익을 때까지 행복해한다. 그
러나 이 열매가 다 익으면 악을 행하는 자는 자신의 모든 악을 생
생히 보게 될 것이다.

　덕이 있는 사람은 불행한 나날을 보낸다. 그의 선행의 열매가
아직 다 익지 않았기 때문이다. 그러나 그의 행동이 좋은 열매를
맺을 때, 그는 행복할 것이다.

-부처의 가르침

8월 13일

다른 사람들의 불명예 속에서 영광을 추구하지 말라.

다른 사람들, 심지어 자신에게 해를 끼친 사람들의 수치를 덮어주는 것은 성숙한 사람이 해야 할 일이다.

회개하는 사람에게 그가 지난날 지은 죄를 상기시키지 말라.

-탈무드

인간의 아름다운 본성은 자기를 적대시
하는 사람들을 사랑하는 능력이다. 이 사

랑은 모든 사람이 형제이며, 자신의 의지에 반해 죄를 짓고 모욕
하는 자와 모욕당하는 자는 같은 종말을 맞이한다는 사실을 그
에게 일깨워준다. 무엇보다 모욕은 사람에게 해를 끼칠 수 없다.
사람만이 자기 영혼에 해를 끼칠 수 있기 때문이다.

-마르쿠스 아우렐리우스

"나는 너희에게 말한다. '너희 원수를 사랑하고, 너희를 박해하
는 사람을 위해 기도하여라.'"

-마태복음 5장 44절

8월 15일

"비가 내리는 동안 나는 이곳에서 살고, 여름에는 저곳에서 살리라."

광인은 이렇게 꿈을 꾸며 죽음을 생각하지 않는다. 그러나 홍수가 잠든 마을을 쓸어버리듯이 죽음은 불현듯 찾아와서 걱정이 많고 이기적이고 정신 나간 사람을 데려간다.

죽음이 우리를 위협할 때 아들도 아버지도 피붙이도 가까운 사람들 그 누구도 우리를 도와주지 못한다. 이 의미를 분명히 깨달은 선하고 지혜로운 사람은 평안으로 나아가는 길을 재빨리 쓸고 닦을 것이다.

-부처의 가르침

정말로 너는 변화가 두려운가? 이 세상 **8월 16일**
의 그 어떤 것도 변화 없이는 이루어지
지 않는다. 모든 자연의 본질은 변화이다. 장작의 변화가 이루어
지지 않으면 물을 데울 수 없고, 음식의 변화가 없으면 영양 섭취
는 불가능하다. 모든 세상의 삶은 다름 아닌 변화이다. 너를 기다
리고 있는 변화도 이와 똑같고, 그 변화가 사물의 본성에 따라 반
드시 필요하다는 것을 알라.

　인간의 진실한 본성에 반하는 것을 하지 않도록 조심하라. 모
든 점에서 본성이 지시하는 대로, 그리고 인간의 본성이 지시할
때 행동해야 한다.

-마르쿠스 아우렐리우스

8월 **17**일 　　　모든 진실한 학문은 동료들에 대한 비판
　　　　　　　　이 아닌 사랑으로 시작되고, 하느님에 대
한 분석이 아닌 사랑으로 끝난다.

-존 러스킨

현자가 말했다.

"나의 가르침은 단순하고, 그 의미를 쉽게 이해할 수 있다. 나
의 가르침은 자기 자신을 사랑하듯이 이웃을 사랑하라는 것
이다."

-중국의 금언

천재와 보통사람의 차이는 이미 여러
번, 아주 분명히 언급되었다. 천재는 자
신의 위대한 가치가 아니라 한없는 무지와 힘을 인식할 때, 언제
나 놀라움으로 가득 찬 두 눈을 크게 뜨고 세상을 바라보는 아이
가 된다는 것이다.

8월 18일

-존 러스킨

   사람들이 자신을 위해 공부할 때 그 배움은 유익하다. 그러나
남에게 박식해 보이려고 공부를 한다면 그 박식함은 아무 쓸모
가 없다.

-중국의 금언

8월 **19**일

사람의 아들아! 너에게 이렇게 말하는 유혹자의 속삭임에 귀 기울이지 말아라.

"정말로 나는 돌로 만들어졌고, 나의 몸은 구리로 만들어졌으니, 너는 계명의 이행이라는 그 무거운 짐을 내게 지워라. 이 모든 것을 이행하려면 나의 모든 낮과 밤도 충분하지 않을 것이다."

이런 생각은 사악한 유혹자의 속삭임이다. 유혹자는 네가 진리에서 완전히 벗어나 함정에 빠지게 하려고 계명의 이행이 매우 어려운 일이라고 네게 말한다. 계명의 반 이상은 '하지 말라'는 금지 명령임을 알라. 다시 나머지 반의 대부분은 하느님의 유일성과 하느님을 향한 한결같은 사랑에 대한 계명이고, 이웃에게 해를 끼치지 말고, 도둑질하지 말라는 계명이다.

계명은 매우 쉽게 이행할 수 있다. 대부분의 계명은 수동적인 것으로 행동의 절제를 요구하고, 아주 적은 부분만 능동적인 것이기 때문이다. 그리고 계명의 이행이 일상적인 것은 아니다. 예를 들어 희사하거나 압제자로부터 박해당하는 사람을 보호하는 일처럼 우연적이며 주기적인 것이다. 이런 일은 매일 있는 게 아니라 이따금 있는 일이다.

-탈무드

다른 사람을 도울 때 필요한 돈을 헤아   **8**월 **20**일
려보는 것처럼 너의 모든 재능과 지식
을 살펴보라.

　강한 사람과 현명한 사람의 재능은 약한 사람을 박해하라고
준 것이 아니라 지도하고 도와주라고 준 것이다.

-존 러스킨

8월 **21**일　　　　"'네 이웃을 사랑하고 네 원수를 미워하
　　　　　　　　　여라' 하고 말한 것을 너희는 들었다. 그
러나 나는 너희에게 말한다. '너희 원수를 사랑하고, 너희를 박해
하는 사람을 위해 기도하여라.'"

-마태복음 5장 43~44절

　누가 영웅인가? 적을 자기 친구로 만드는 사람이 영웅이다.

-탈무드

8월 22일 실제로 절대적인 정의는 절대적인 진리와 마찬가지로 달성하기 어렵다. 그러나 정의로운 사람은 정의를 향한 열망과 정의를 이루려는 희망이 있기에 정의롭지 못한 사람과 구별된다. 이것은 정직한 사람이 진리를 향한 갈망과 믿음으로 거짓된 사람과 구별되는 것과 마찬가지다.

정직하고 열정적인 실수는 항상 올바른 방향에서 이루어지고, 도랑 뒤가 아닌 길 앞쪽에 떨어지기 때문에 결코 해롭지 않다. 그러므로 그런 실수는 네 뒤에 오는 사람이 항상 바로잡을 수 있다.

-존 러스킨

현자의 실수는 일식이나 월식과 비슷하다. 현자가 실수하면 모든 사람이 보고, 현자가 어떻게 실수를 고치는지도 본다.

-중국의 금언

자기만족적이고 조야(粗野)한 무식은
불완전하지만 어떤 해로움도 끼치지 않

8월 **23**일

는다. 그러나 불만스럽고 교활한 무식, 자기도 이해할 수 없는 것
을 연구하고, 즐길 수 없는 것을 흉내 내는 무식은 가장 혐오스럽
고 굴욕적이며 타락한 인간을 만들어낸다.

-존 러스킨

8월 **24**일 　거리에 호두와 꿀 과자를 흩뿌려 보라.
　그 즉시 아이들이 달려와 그것들을 주
우려고 서로 싸울 것이다. 그러나 어른들은 싸우지 않을 것이며,
아이들도 빈껍데기는 줍지 않을 것이다.

　나에게 돈, 지위, 명예, 영광은 껍데기이자 아이들이 좋아하는
꿀 과자 같은 것이다. 아이들이 그것들을 주워 까게 하고, 그것들
을 줍기 위해 이리저리 쫓아다니게 하고, 부자들과 고관들과 그
하인들의 손에 입 맞추게 하라. 나에게 이 모든 것은 껍데기일 뿐
이다. 만약 내 손에 우연히 어떤 호두가 들어온다면, 왜 그걸 먹지
않겠느냐? 그러나 호두를 주우려고 허리를 굽히고, 하찮은 호두
때문에 싸우고, 누군가를 넘어트리거나 내가 넘어질 만한 가치
는 없는 것이다.

-에픽테토스

8월 25일

정신적인 삶을 사는 사람들은 늙으면 늙을수록 지적인 시야가 더 넓어지고 의식은 더 분명해진다. 반면에 무식한 사람들은 해가 갈수록 더 어리석어진다.

-탈무드

현자는 항상 이성과 통찰력에서 뛰어나고, 보잘것없는 사람은 항상 무지와 악에 빠진다.

-중국의 금언

부드럽고 약한 것이 강한 것을 이긴다.

그러므로 순종의 우월성과 침묵의 이득

은 크다. 세상에서 단지 몇몇만이 순종적인 사람이 될 수 있다.

　사람은 살아있을 때 몸이 부드럽고 유연하다. 죽어가는 사람은 몸이 굳고 메말라 간다. 나무와 풀도 살아있는 동안 부드럽고 연하다. 죽을 때 그것들은 딱딱해지고 말라 비틀어진다. 딱딱하고 단단한 것은 죽음의 동반자이며, 연하고 부드러운 것은 생명의 동반자이다. 그러므로 강한 것은 이기지 못한다. 나무가 딱딱해지면 죽을 운명이다. 강하고 큰 것은 밑에 있고, 연하고 부드러운 것은 위에 있다.

-노자

8월 27일

계명의 이행에 대한 보상은 계명이다.

즉, 누가 계명 중 하나를 이행하면 하느님은 작지 않은 상인 다른 계명을 이행할 수 있는 가능성을 그에게 열어주신다. 왜냐하면 이것이 그에게 이익이 되기 때문이다.

-탈무드

어떤 덕도 결코 외롭지 않다. 덕은 항상 이웃을 가지고 있다.

-공자

"그러므로 내가 너희에게 말한다. 목숨을 부지하려고 무엇을 먹을까 또는 무엇을 마실까 걱정하지 말고, 몸을 감싸려고 무엇을 입을까 걱정하지 말아라. 목숨이 음식보다 소중하지 아니하냐? 몸이 옷보다 소중하지 아니하냐? 공중의 새를 보아라. 씨를 뿌리지도 않고, 거두지도 않고, 곳간에 모아들이지도 않으나 너희의 하늘 아버지께서 그것들을 먹이신다. 너희는 새보다 귀하지 아니하냐? 너희 가운데서 누가 걱정을 해서 자기 수명을 한순간인들 늘일 수 있느냐?

그러므로 무엇을 먹을까, 무엇을 마실까, 무엇을 입을까 하고 걱정하지 말아라.

너희는 먼저 하느님의 나라와 하느님의 의를 구하여라. 그리하면 이 모든 것을 너희에게 더하여 주실 것이다. 그러므로 내일 일을 걱정하지 말아라. 내일 걱정은 내일이 맡아서 할 것이다. 한날의 괴로움은 그날에 겪는 것으로 족하다."

-마태복음 6장 25~27절, 31절, 33~34절

바구니에 빵을 가지고 있으면서 "나는 내일 무엇을 먹지?" 하고 묻는 사람은 믿음이 약한 사람이다.

-탈무드

8월 29일

향락에서 슬픔이 생기고, 향락에서 공포가 생긴다. 향락에서 벗어난 사람에겐 이미 슬픔도 공포도 없다.

-부처의 가르침

사람들은 자기 인생의 헛됨을 느끼기 때문에 여기저기 분주히 뛰어다니면서 만족을 찾는다. 그러나 그들은 자기 마음을 끌어당기는 새로운 환락의 헛됨을 아직 깨닫지 못한다.

-블레즈 파스칼

8월 30일

신을 무서워하는 사람은 사람들을 무서워하지 않는다. 그리고 사람들을 무서워하는 사람은 신을 무서워하지 않는다.

사람들을 놀라게 할 수는 없지만 스스로 죽게 할 수는 있다.

사람들의 말을 따르는 것은 체로 물을 나르는 것과 같다.

-속담

지식이 전부라고 생각하는 사람들은 촛
불을 향해 날아가 자멸하고, 빛을 가리
는 나비와 비슷하다.

무식을 두려워하지 말고 거짓 지식을 두려워하라. 세상의 모
든 악은 거짓 지식에서 나온다.

-레프 톨스토이

위대한 사상은 마음에서 나온다.

-뤽 드 클라피에르 보브나르그

사람들이 신을 모르는 것은 나쁘다. 그러나 신이 아닌 것을 신
이라고 인정하는 것이 가장 나쁘다.

-라크탄치이*

* 기독교인 작가(?~330)

오늘 하루, 톨스토이처럼

9
SEPTEMBER

9월 1일　　　　어떤 사람들은 말한다. "자기 자신 속으로
　　　　　　　　들어가라. 그러면 당신은 평온을 찾을 것이
다." 그러나 아직 여기에 모든 진리가 있는 것은 아니다.

반대로 또 어떤 사람들은 이렇게 말한다. "자기 자신에게서 벗
어나 자신을 잊고 쾌락에서 행복을 찾으려고 노력하라." 그러나
이것은 옳지 않다. 이런 방법으로는 질병에서조차 벗어날 수 없
기 때문이다.

평온과 행복은 우리 안에 있는 것도, 우리 밖에 있는 것도 아
니다. 평온과 행복은 우리 안에도 밖에도 존재하는 하느님 안에
있다.

-블레즈 파스칼

인간의 영혼은 피할 수 없는 네 가지 유혹
을 당한다. 너는 항상 이 유혹과 싸울 준비
가 되어있어야 한다. 너의 이성이 지체하지 않고 이 유혹과 싸우
게 하라.

　네 가지 유혹 중 첫째는 공상이다. 내가 지금 생각하고 있는 것
은 한가한 생각이라고 자신에게 말하며 공상을 억제하라. 둘째
는 자존심이다. 내가 행하는 것은 공동선에 반하는 것이라고 자
신에게 말하며 자존심을 억제하라. 셋째는 거짓이다. 내가 말하
려는 것은 내 양심을 거스르고 진리에 어긋나는 것이라고 자신
에게 말하며 거짓을 억제하라. 마지막으로 음욕이다. 너는 육체
를 해방시키고 맹목적이고 동물적인 본성을 너의 영적 본질보다
우월시하면서 너의 신성(神性)에 씻을 수 없는 해를 끼치고 있다
는 것을 깨닫고 음욕을 억눌러라.

-마르쿠스 아우렐리우스

9월 3일

자신의 행복을 남에게 주면, 그만큼 자신의 행복은 커진다.

-제러미 벤담*

하느님의 뜻은 우리가 서로의 죽음과 불행이 아니라 서로의 행복과 생명을 위해 사는 것이다. 사람들은 슬픔이 아닌 기쁨으로 서로를 돕는다.

-존 러스킨

---

* 영국의 법률가이자 철학자(1748~1832). 인생의 목적은 최대 다수의 최대 행복의 실현에 있다고 하는 공리주의를 주장하였다. 저서에 《도덕과 입법의 원리 입문》등이 있다.

"마음에서 악한 생각들이 나온다. 곧 살인과 간음과 음행과 도둑질과 거짓 증언과 비방이다."

-마태복음 15장 19절

행동은 우리의 욕망만큼 선하거나 악하지 않다.

-뤽 드 클라피에르 보브나르그

형태가 없는 생각은 멀리 퍼지고, 내면 깊은 곳에 조용히 스며든다. 형태가 없는 생각을 제압하고 억제하는 사람은 그것의 유혹에서 벗어날 수 있다.

-부처의 가르침

9월 5일

진리는 원과 비슷하고 무한한 것이다. 그런데 진리는 형태를 띨 수 있다. 진리가 형태를 띠게 되면 겉으로 드러난다. 겉으로 드러난 진리는 누구에게나 명백하다. 명백한 것은 움직이고, 움직이는 것은 변한다. 변하는 것은 다시 형태가 달라진다.

형태가 변하는 것이 우주의 진리다.

-공자

9월 6일

노련한 군인은 호전적이지 않고, 노련한 전사는 화를 내지 않는다. 사람을 잘 쓰는 사람은 겸손하다. 이것을 무저항의 덕, 하늘과의 조화라고 부른다.

-노자

나무에서 잘린 잔가지는 그 자체로 나무에서 분리된 것이다. 다른 사람들과 반목하는 사람은 전 인류와 단절된다. 나뭇가지는 다른 사람의 손으로 잘리지만, 사람은 증오와 원한으로 이웃과 멀어진다. 그러나 사람은 증오와 원한으로 자신과 전 인류가 단절되는 것을 알지 못한다.

-마르쿠스 아우렐리우스

인류애의 선은 우리와 멀리 있지 않으니, **9**월 **7**일
인류애를 갖고자 원하기만 하면 된다. 그러
면 인류애는 스스로 너에게 올 것이다.

　자기 자신에게 엄격하고 다른 사람들에게 관대하라. 그러면
적을 만들지 않을 것이다.

-중국의 금언

9월 **8**일　　　　선하고 현명한 사람의 첫 번째 훌륭한 특
　　　　　　　　　성은 자신이 아는 것은 아주 적고, 많은 사
람이 자신보다 훨씬 더 똑똑하다는 사실을 안다는 것이다. 그뿐
만 아니라 가르치려 들지 않고 늘 알려 하고 배우려고 한다는 것
이다.

　가르치거나 통치하려고 하는 사람들은 잘 가르치고 잘 통치할
수 없다.

-존 러스킨

9월 **9**일 　　　나의 육체는 외부의 모든 불행과 고통에
　　　　　　　　영향을 받는다. 육체가 해를 입으면 육체
로 하여금 불평하도록 하라. 그러나 육체에서 일어난 것을 이성
이 해롭다고 여기지 않는 한 나의 본질은 온전하다.

　경솔하게 행동하지 말고 자기 짐을 지고 가라. 그리고 그 짐이
너의 선행에 도움이 되게 하라. 위가 몸에 필요한 모든 것을 음식
에서 얻듯이, 혹은 무언가를 집어넣으면 불이 더 밝게 타오르듯
이, 네가 이성적인 생활을 하는 데 필요한 것을 그 짐에서 끄집어
내라.

-마르쿠스 아우렐리우스

이른 아침부터 자신을 살피며 이렇게
되뇌어야 한다.

"나는 지금 건방지고, 배은망덕하고, 뻔뻔스럽고, 위선적이고, 집요하고, 원한을 품은 사람과 부딪힐 수 있다. 무엇이 좋고 나쁜지 모르는 사람은 모두 이런 악덕에 사로잡혀 있기 때문이다. 그러나 무엇이 선이고 악인지 확실히 알고, 악이란 내가 하는 나쁜 짓이란 것을 이해한다면 나를 모욕하는 그 누구도 내게 해를 입힐 수 없다. 그들은 내 의지에 반해 악행을 강요하지 못하기 때문이다. 게다가 혈연이 아니라 영적으로(신에게서 나온 이 영(靈)은 우리 각자의 마음속에서 육체보다 더 고결한 본질이다) 모두가 나의 이웃임을 기억한다면 이웃에게 화를 내거나 분노할 수 없다. 우리는 서로를 위해 창조되었기에 손이 손을 도와주고 발이 발을 도와주듯이, 항상 화합하여 서로를 도와주는 눈과 이처럼 도와야 한다. 그러므로 우리를 모욕한 이웃을 외면하는 것은 우리의 진실한 본성을 거스르는 것이다. 모욕을 받았다고 다른 사람을 증오하는 사람은 누구나 자신의 본성을 거스르며 죄를 짓는 것이다."

-마르쿠스 아우렐리우스

9월 11일 "끝까지 견디는 사람은 구원을 얻을 것이다."

-마태복음 24장 13절

유혹에 넘어가지 않는 사람에게 영광이 있다. 하느님은 모든 사람을 시험한다. 어떤 사람은 부(富)로 시험하고, 어떤 사람은 가난으로 시험한다. 즉, 부자가 가난한 사람을 도와주는지, 가난한 사람이 불평 없이 하느님에게 복종하면서 고통을 잘 견디는지 시험한다.

-탈무드

만약 우리가 행복이라 부르는 것과 불행이라 부르는 것 모두 시험으로 본다면, 똑같이 우리에게 유용하다.

-레프 톨스토이

현대의 세이렌*이 사람들에게 납득시키
려는 지식 중 가장 저급한 것은 사랑 대
신 삶의 다른 원천을 보여주려 애쓰는 것이다.

9월**12**일

사람들은 "자기 자신을 사랑하듯이 이웃을 사랑하라"는 계명
을 감상적으로 설교하면서 실제로는 야수처럼 발톱으로 이웃을
낚아채 두 발로 짓밟는다. 게다가 이런 사람은 오로지 다른 사람
들의 노동으로 살아간다.

-존 러스킨

* 그리스 신화에 나오는 바다의 요정. 여자의 얼굴과 새 모양을 한 괴물로, 이탈리아 근해
에 나타나 아름다운 노랫소리로 뱃사람들을 홀려 죽게 했다고 한다.

9월 13일 하느님에 대한 공경은 항상 겸손에서 시
작된다. 우선 자신이 아주 보잘것없는
사람임을 깨달아야 한다. 그러면 지시받은 것을 더 잘할 수 있고,
무엇을 지시받고 누가 지시하는지 더 잘 알 수 있다. 좋고 나쁜
것에 대한 분명한 개념이 언제나 자기 마음속에 있음을 깨닫고
원하는 대로 항상 그 개념에 따를 수 있다.

-존 러스킨

"나는 죄를 짓고 회개할 것이다"라고 말 **9월 14일**
하는 사람에게 하느님은 회개를 허락하
지 않는다. "죄를 짓고 회개하는 날에 나는 용서받을 것이다"라고
말하는 사람은 회개하는 날에 용서받지 못할 것이다. 신에게 죄
를 지으면 회개하는 날에 용서받지만, 이웃에게 죄를 지으면 이
웃이 만족할 정도로 보상받을 때까지 용서받지 못한다.

-탈무드

사람이 죄를 회개하고 그 죄를 다시 범하지 않을 때만 회개는
유효하다.

-레프 톨스토이

강과 바다로 계곡의 많은 물줄기가 모여 드는 것은 계곡보다 낮은 데 있기 때문 이다.

그러므로 성인이 백성의 지도자가 되려면 그들을 낮은 자세로 겸허하게 대하고, 자신의 이익을 그들의 뒤에 두어야 한다. 그래 서 성인은 윗자리에 있어도 백성들은 피곤하게 느끼지 않고, 앞 에 있어도 백성들이 손해가 된다고 느끼지 않는다.

그래서 세상 사람들은 끊임없이 성인을 칭송한다. 성인은 누 구와도 다투지 않기 때문에 세상에서 그 누구도 성인과 다투지 않는다.

-노자

9월 16일

유다가 행한 거래의 밑바닥에는 어리석음이 있다. 우리는 가룻 사람 유다를 매우 나쁜 사람이라 생각하고 극히 부당하게 대했다. 유다는 돈을 좋아한 보통사람이었고, 보통사람들처럼 그리스도를 이해하지 못했다. 또한 그리스도를 높게 평가하지 않았고, 그리스도의 의미도 이해할 수 없었다. 유다는 그리스도가 사형을 당하리라고는 전혀 생각하지 않았다. 그러므로 그리스도가 사형선고를 받는 것을 보고 유다는 공포에 휩싸였다. 유다는 돈을 버리고 숲으로 가서 목매달아 죽었다.

돈을 좋아하는 사람 가운데 자기 때문에 사형당한 사람이(그가 누구든) 불쌍해서 목매달아 죽을 수 있는 사람이 오늘날 몇이나 된다고 생각하는가?

-존 러스킨

사람들이 현자에게 물었다.

　"인류애의 미덕은 무엇입니까?"

　현자가 대답했다.

"사람들을 사랑하는 것이다."

　사람들이 다시 현자에게 물었다.

"도대체 학문이란 무엇입니까?"

　현자가 대답했다.

"사람들을 아는 것이다."

　현자는 세 가지를 존중한다. 하늘의 법을 존중하고, 위대한 사람들을 존중하며, 성인들의 말씀을 존중한다. 하찮은 사람들은 하늘의 법을 몰라서 존중하지 않고, 위대한 사람들을 높이 평가하지 않으며, 성인들의 말씀을 비웃는다.

-중국의 금언

9월 18일

"'주님, 주님!' 하는 사람이라고 해서 다 하늘나라에 들어가는 것이 아니다. 하늘에 계신 내 아버지의 뜻을 행하는 사람이라야 들어간다."

-마태복음 7장 21절

합리적인 이성의 규칙을 아는 자는 그것을 사랑하는 자보다 못하다. 합리적인 이성의 규칙을 사랑하는 자는 그것을 실천하는 자보다 못하다.

-중국의 금언

빗물이 물받이를 타고 흐를 때 물받이에 **9**월 **19**일
서 흘러나오는 것처럼 보이지만 실제로
는 하늘에서 떨어지는 것이다. 예언자들이 우리에게 전하는 신
성한 가르침도 이와 마찬가지다. 신성한 가르침이 예언자들에게
서 나오는 것 같지만 실제로는 신에게서 나오는 것이다.

  사람들은 발에 박힌 바늘을 빼내려고 다른 바늘을 집어 그 바
늘을 빼내고는 둘 다 내버린다. 마찬가지로 신성한 나의 시력을
흐리는 광기를 없애기 위해서는 이성이 필요하다. 그러나 진실
로, 이성도 광기도 진정한 계시를 구성하지 않는다. 정말로 진정
한 계시를 받은 사람은 그 계시를 이성적이라거나 광적이라고
부르지 않는다. 참된 계시를 받은 사람은 온갖 이원론과 모든 관
계에서 벗어나 있기 때문이다.

-브라만의 가르침

9월 20일 누군가를 도와준 대가로 즉시 보답을 받을 권리가 있다고 생각하는 사람들이 있다. 한순간도 직접적인 보답을 바라지는 않지만, 자신이 남에게 베푼 도움을 잊지 않고 자기 도움을 받은 자들을 속으로 빚진 자라고 생각하는 사람들이 있다. 마지막으로, 그저 마음이 끌려서 거의 무의식적으로 항상 다른 사람을 도와줄 준비가 되어 있는 사람들이 있다. 이런 사람들은 포도송이를 키워서 포도가 잘 익은 것을 보고 몹시 만족해하는 포도 덩굴과 비슷하다.

-마르쿠스 아우렐리우스

9월 21일 절제는 활력의 억압이나 미발달을 의미하지 않는다. 선행의 중지, 예를 들어 사랑과 믿음의 발현을 중지하는 것도 아니다. 이와 반대로 절제는 사람이 나쁘다고 생각하는 것을 하지 못하게 하는 힘과 활력을 의미한다.

-존 러스킨

덕을 쌓은 사람은 비록 현명하지 않더라도 행동이 확고하다. 그의 몸은 약하나 정신은 강하다.

-공자

너의 적은 너에게 악으로 앙갚음을 하
고, 너를 증오하는 사람은 너에게 심하
게 복수할 것이다. 그러나 길 잃은 이성은 너에게 아주 지독한 불
행을 가져다줄 것이다.

아버지도 어머니도 친척들도 이웃들도 올바른 길을 선택한 너
의 이성만큼 너에게 좋은 영향을 주지 못할 것이다.

-부처의 가르침

어떤 사람은 쉽게 선행을 하고, 어떤 사람은 다양한 방법으로
선행을 한다. 또 다른 어떤 사람은 몸과 마음을 다해 선행을 한다.
그러나 선행은 모두 똑같다.

-공자

9월 23일

지식은 정신적 양식으로 육체의 양식과 똑같다. 차이가 있다면 정신은 여러 가지 양식이 필요한데 지식은 그중의 하나라는 점이다. 지식은 악용될 수 있다. 지식은 건강에 해로운 방식으로 변조되고 조작될 수 있으며, 결국 모든 영양가를 잃을 정도로 정제되고 달콤하고 맛있어질 수 있다. 아무리 좋은 정신적 음식이라도 과식하면 질병과 죽음을 불러올 수 있다.

-존 러스킨

지상과 천상에 있는 물건들의 차이를

가서 확인하라. 지상에서는 빈 그릇만

이 가득 채워지지만, 천상에서는 마음이 가득 채워진다. 충만한
마음은 이미 신성으로 가득하나 새로운 가르침을 수용할 수 있
다. 그러나 텅 빈 마음은 새로운 가르침에 관심이 없다.

-탈무드

당신이 그리스도의 무거운 짐을 짊어진다면 마음의 평안을 얻
을 것이다. 그러나 그리스도가 당신에게 요구하는 만큼 오랫동
안 이 짐을 지고 갈 때만 당신은 그리스도의 기쁨을 알게 되고,
그 기쁨에 진실로 동참하게 될 것이다.

-존 러스킨

9월 **25**일　　　도덕적 완성으로 생기는 이성의 빛은 자연스러운 미덕이라 불린다. 이성의 빛으로 생기는 도덕적 완성은 획득된 신성(神聖)이라 불린다. 도덕적 완성을 위해 이성의 빛이 필요하고, 이성의 빛을 위해 도덕적 완성이 필요하다.

-중국의 금언

"누구든지 다시 나지 않으면 하느님 나라를 볼 수 없다."

-요한복음 3장 3절

사랑과 이성은 우리가 하느님을 관조할 수 있는 양면(兩面)이다.

-레프 톨스토이

9월 26일

사람은 항상 자기에게 더 좋은 방향으로 행동한다. 이 점을 잘 이해하고 항상 기억하라. 실제로 이런 행동이 나에게 더 좋다면 내가 옳다. 그러나 내가 잘못 생각하고 있다면 나에게 더 나쁘다. 모든 오해는 반드시 고통을 수반하기 때문이다.

만약 네가 이 점을 항상 기억한다면 너는 그 누구에게도 화를 내거나 분개하지 않고, 그 누구도 비난하거나 욕하지 않을 것이며, 그 누구와도 싸우거나 반목하지 않을 것이다.

-에픽테토스

9월 27일 "자기 자신을 알라." 이것은 중요한 법칙이다. 그러나 자기 자신을 응시한다고 정말로 자신을 알 수 있을까? 아니다. 당신은 당신 밖에 있는 것을 응시할 때만 자신을 알 수 있다. 당신의 능력과 다른 사람들의 능력을 비교하고, 당신의 관심과 다른 사람들의 관심을 비교하라. 당신이 그들에게 어떻게 보이고, 그들이 당신에게 어떻게 보이는지 알려고 노력하라. 그리고 당신 안에 특별한 것이 없음을 확인하고 부차적인 것을 판단하듯이 자신을 판단하라.

-존 러스킨

사랑은 우리 삶의 기본 원칙이 아니다. **9월 28일** 사랑은 원인이 아니라 결과다. 우리 안에 있는 하느님의 영성을 의식하면서 사랑은 생긴다. 이 의식은 사랑을 요구하고 사랑을 불러일으킨다.

생명은 의식을 통해 나타나는 것이다. 생명은 항상 어디에나 존재한다. 우리가 볼 수 없도록 생명을 가리고 있는 것을 우리는 생명으로 잘못 알고 있다.

-레프 톨스토이

일은 즐겁게 할 때만 잘할 수 있다. 지금
이 순간, 필요한 일을 하고 있음을 깨닫
지 못하면 그 누구도 즐겁게 일할 수 없다.

크고 작은 모든 것을 창조한 창조자가 볼 때, 가장 하찮은 것도
가장 위대한 것과 똑같은 의미를 지닌다. 하루가 천년 같고, 가장
위대한 것처럼 가장 하찮은 것에도 형언할 수 없는 하느님의 신
비가 가득 차 있다.

세상 사람들이 미처 생각하지 못하고 듣지도 못했지만, 현재
세상의 모든 일 가운데 중요한 일을 하는 사람들의 삶의 기록을
엮는 것이 무엇보다 유익하다. 우리는 이 사람들에게서 세상일
을 하는 방법을 가장 잘 배울 수 있다.

-존 러스킨

9월 30일

정의로운 사람들의 일은, 역사의 대지에 이따금 오랫동안 움직이지 않고 누워있다가 온기와 습기를 받고 건강에 좋은 새 수액과 신선한 힘을 흡수하고 자라나 꽃이 피고 열매를 맺는 씨앗과 같다. 폭력과 부정으로 뿌려진 씨앗은 썩고 시들어서 흔적도 없이 사라진다.

모든 세대는 당대의 뛰어난 사람들을 존경하라. 그리고 "우리 선배들이 더 훌륭했다"라고 말하지 말라.

-탈무드

오늘 하루, 톨스토이처럼

10

OCTOBER

10월 1일

높은 덕을 지닌 사람은 곧은길을 따라 끝까지 걸어가려고 애쓴다. 그러나 길을 반쯤 가다 보면 힘이 빠진다. 바로 이것을 염려해야 한다.

-중국의 금언

인간의 미덕은 무슨 일이 일어나도 변함없이 자연의 아름다움을 간직하는 보석의 속성을 지녀야 한다.

-마르쿠스 아우렐리우스

10월 2일

"내가 진정으로 진정으로 너희에게 말한다. 너희가 아버지께 구하는 것은 무엇이나 아버지께서 내 이름으로 주실 것이다."

-요한복음 16장 23절

악을 행하려는 욕망과 야심이 없다면 사람은 순박하고 선한 행동을 할 수 있을 것이다.

-중국의 금언

나는 사람들이 진리를 찾게 하고 싶었
고, 그들이 진리를 향해 가는 것을 방해

하는 욕망에서 벗어나게 하고 싶었다. 나는 욕망과 음욕이 사리
분별력을 흐리게 하는 것을 알고, 사람이 자기 안에 있는 이 동물
적 속성을 증오하기를 바랐다. 사람은 이 동물적 속성 때문에 자
기 길을 선택할 때 눈이 멀고, 자기가 선택한 길을 따라가다가 걸
음을 멈춘다.

-블레즈 파스칼

  사람이 영원히 머물러야만 하는 자리를 분명히 알 때, 그의 마
음도 정해진다. 마음이 정해지면 온갖 마음의 흥분이 멈춘다. 흥
분이 멈추면 마음에 충만한 평안이 찾아온다. 깨뜨릴 수 없을 만
큼 마음이 평온한 사람은 사려 깊은 행동을 할 수 있다. 그런 사
람은 참된 모든 것에 민감하다.

-공자

10월 4일

아는 사람은 말하지 않고, 말하는 사람은 알지 못한다. 그러므로 현자는 입을 다물고, 감정의 문을 닫는다. 현자는 자신의 예리함을 무디게 하고, 매듭을 풀며, 자신의 후광을 약하게 하여 먼지같이 하찮은 것과 하나가 된다. 이렇게 현자는 사랑도 미움도 넘어서 있다.

현자는 이익도 손실도 넘어서 있고, 성공도 치욕도 넘어서 있다. 그러므로 현자는 온 세상의 존경을 받는다.

-노자

10월 5일

현자를 보면 당신도 현자처럼 덕을 가졌는지 자신에 대해 생각하라. 방탕한 사람을 보면 당신도 방탕한 사람처럼 악덕을 가졌는지 자신에 대해 생각하라.

-중국의 금언

나는 스승에게서 많은 것을 배웠고, 동료에게서 더 많은 것을 배웠으며, 제자에게서 가장 많은 것을 배웠다.

-탈무드

우리가 하느님께 기도하고 하느님 앞에 **10**월 **6**일
서 간구함은 하느님의 뜻을 바꾸려는 것
이 아니다. 그것은 우리의 필요를 채워달라고 하느님께 간청하
면서 그분이 세상을 창조하셨고, 우리 모두를 보살피고 길러주
시고 다스리시며, 좋은 일과 나쁜 일을 모두 바라보고 있음을 인
정하는 것이다. 하느님의 영광에 대해 생각하고, 그분의 힘을 의
식하면서 우리의 영혼은 정화되고 고양된다.

-**탈무드**

10월 **7**일 불순물이 전혀 없이 완전한 것이 하늘의
법이다. 완전함, 즉 하늘의 법을 알려고
자신의 모든 힘을 사용하는 것이 인간의 법이다. 자기완성을 위
해 끊임없이 노력하는 사람이 현자이며, 그는 선과 악을 구별할
수 있다. 현자는 선을 선택하고, 그것을 잃지 않기 위해 단단히 붙
잡는다.

-**공자**

아무리 배움이 적어도 나는 이성의 길을 따라갈 수 있다. 내가
두려워해야 하는 한 가지는 자만이다. 최고의 이성은 매우 단순
하다. 그러나 사람들은 곧은길이 아닌 돌아가는 길을 좋아한다.

-**노자**

10월 **8**일

지혜로운 사람은 사람들과 충돌하지 않
으나 결정은 확고하다. 그는 대중의 일
원은 아니나 대중과 사이좋게 지낸다.

-중국의 금언

누가 나를 모욕했다면, 그것은 그의 문제이며 그의 성향과 성
격이 그런 것이다. 내게도 타고난 성격이 있다. 그러므로 나는 나
의 본성에 충실하게 행동할 것이다.

-마르쿠스 아우렐리우스

"하느님의 뜻을 따르려는 사람은 누구
든지 이 가르침이 하느님에게서 난 것인
지, 내가 내 마음대로 말하는 것인지를 알 것이다."

10월 9일

-요한복음 7장 17절

　　모든 역사를 통해 확인할 수 있는 명백한 사실은, 판단이 아닌 순종을 통해 하느님을 알 수 있고, 하느님의 명령을 이행할 때 비로소 영원한 질서가 세상에 나타날 수 있으며, 이런 방법을 통해서만 지상에서 하느님의 뜻을 알 수 있다는 것이다.

　　인간 생활에는 어떤 영원한 법이 존재하며, 이 법은 인간의 이성으로 매우 분명히 식별된다. 이 법이 사람들에게 나타났으니 목숨이 붙어있고 힘이 남아있는 한 사람들은 이 법을 따라야 한다.

-존 러스킨

10월 10일

지혜가 실천보다 앞서는 사람을 무엇에 비유할 수 있는가? 그런 사람은 가지는 많으나 뿌리가 얕은 나무에 비유할 수 있다. 이런 나무는 바람이 불면 곧장 뿌리가 뽑혀 넘어진다. 그렇다면 실천이 지혜보다 앞서는 사람은 무엇에 비유할 수 있는가? 그런 사람은 가지는 많지 않아도 뿌리가 깊은 나무에 비유할 수 있다. 이런 나무는 세상의 모든 바람이 아무리 세차게 불어도 꿈쩍도 하지 않는다.

경건한 사람들은 약속은 적게 하지만 일은 많이 한다. 악한 사람들은 약속은 많이 하지만 아무것도 하지 않는다.

-탈무드

운명이 너를 어디로 내던지든 자기 존 **10월 11일**
재의 법칙을 충실히 지키면 너의 본질
과 정신, 생명과 자유, 힘의 중심은 어디서나 너와 함께할 것이다.
정신과의 합일이나 결합을 깨뜨리거나 훼손하여 얻을 만한 가치
가 있는 외적인 행복이나 위업은 없다. 또 자기 자신과의 내적인
부조화로 영혼의 전일성을 깨뜨려서라도 얻을 만한 가치가 있는
외적인 행복이나 위업 또한 이 세상에는 없다.

그러한 희생의 대가로 네가 무엇을 살 수 있었는지 알려다오.

-마르쿠스 아우렐리우스

10월 12일

사람들이 현자에게 물었다.

"인생에서 어느 때가 가장 중요하고, 어떤 사람이 가장 중요하며, 무슨 일이 가장 중요합니까?"

현자가 대답했다.

"가장 중요한 때는 지금이다. 사람은 오직 지금 자신을 통제할 수 있기 때문이다. 가장 중요한 사람은 이 순간 네가 관계를 맺고 있는 사람이다. 그 사람이 다른 어떤 사람과 또 관계를 맺을지 아무도 알 수 없기 때문이다. 가장 중요한 일은 지금 관계를 맺고 있는 사람을 사랑하는 것이다. 사람은 오직 사랑하라고 이 세상에 보내졌기 때문이다."

-레프 톨스토이

우리 시대에 착한 사람들의 실수는 악 **10^월 13^일**
한 사람들에게 점잖게 손을 내밀면서
그들의 악행을 지지하고 심지어 종종 조장한다는 것이다. 착한
사람들은 악이 준 폐해를 고치려고 애쓰면서 악의 결과를 예방
할 수 있기를 바란다.

　아침에 착한 사람들은 마음의 요구를 충족시키려고 파산한 두
세 가족의 가난을 도와주지만, 저녁마다 이 가족을 파산시킨 사
람들과 식사를 하면서 그 사람들을 부러워하고 수천 명의 사람
을 파산시킨 부유한 투기꾼들의 실례를 따르려 한다. 이렇게 착
한 사람들은 수십 년 동안 고쳐야 하는 것보다 더 많은 것을 몇
시간 안에 파괴한다. 착한 사람들은 기껏해야 모든 것을 파괴하
는 무리의 뒤쪽에서 굶주린 사람에게 쓸데없이 먹을 것을 주면
서, 이 무리의 숫자와 이들의 이동 속도를 더욱더 높이려 애쓰고
있다.

-존 러스킨

10월 14일

실제로 악을 행하려는 사람들은 그리 많지 않다. 아니, 그런 사람들은 전혀 없다.

악한 사람들은 자기가 무슨 짓을 하고 있는지 전혀 모른다.

아벨을 죽인 카인은 무슨 나쁜 짓을 한다고 생각하지 않았다. 우리 중에는 카인보다 더 사소한 이유로, 심지어 아무런 이유도 없이 매일 형제들을 마구 죽이는 수많은 카인이 있다. 그들은 형제들을 죽이면서 나쁜 짓을 하고 있다고 전혀 생각하지 않는다. 문제는 사람들이 눈을 뜨도록 하는 것이다. 즉, 그들의 의식을 건드리고 마음에 영향을 주는 것은 어렵지 않지만 그들의 이성에 영향을 주기란 쉽지 않다. 만약 그들이 이전처럼 여전히 어리석다면 당신이 그들의 의식을 변화시키는 것이 무슨 의미가 있는가? 그들에게 무엇이 옳은지 가르쳐주려고 당신이 항상 그들 곁에 있을 수는 없다. 그러므로 그들은 전처럼 쉽게 나쁜 짓을 하게 되고, 심지어 전보다 더 나쁜 짓도 하게 될 것이다. 지옥은 좋은 의도로 포장되어 있다고 사람들은 종종 말한다. 그러나 이 말은 옳지 않다. 바닥을 알 수 없는 심연을 포장할 수는 없다. 다만 심연에 이르는 길을 포장할 수 있을 뿐이다,

-존 러스킨

아무리 노력해도 항상 좋은 일만 하기
는 매우 어렵다. 아무리 좋은 일을 하
더라도 항상 좋은 일을 더 많이 하고 싶기 때문이다.

10월 **15**일

-공자

늘 변함없이 올바로 말하고 행동하는 것은 위협이나 보복에
대항하는 행동만큼 어렵고 용감한 일이다. 이상하게도 자신의
행복과 목숨을 희생하여 진리를 지키는 사람은 아주 많지만, 무
의미한 일상의 근심과 걱정을 버리고 진리를 지키는 사람은 아
주 적다.

-존 러스킨

10월 16일

진실로 하느님을 숭배하는 것은 미신과 무관하다. 하느님을 숭배할 때 미신이 끼어들면 하느님에 대한 숭배는 허물어진다. 그리스도는 진실로 하느님을 숭배하는 것이 무엇인지 우리에게 가르쳐주었다. 그리스도는 우리가 일상에서 하는 모든 것 중 오직 하나만이 사람들의 빛이고 행복이라고 가르쳤다. 그것은 서로 사랑하라는 것이다. 그리스도는 우리가 자신을 위해서가 아니라 다른 사람들을 위해 봉사할 때 비로소 행복할 수 있다고 가르쳤다.

-블레즈 파스칼

"사람들이 나를 박해했으면 너희들도 10월 17일
박해할 것이요, 또 그들이 내 말을 지
켰으면 너희의 말도 지킬 것이다. 그들은 너희가 내 이름을 믿는
다고 해서, 이런 모든 일을 너희에게 할 것이다. 그것은 그들이 나
를 보내신 분을 알지 못하기 때문이다."

-요한복음 15장 20~21절

사람들에게 알려지지 않거나 사람들이 알아주지 않아도 슬퍼
하지 않는 것은 진실로 선한 사람의 속성이다.

-중국의 금언

"사람들을 두려워하는 것처럼 하늘을 심히 두려워하라." 오, 그
렇게 된다면 좋으련만! 그러나 사람은 죄를 지으면서 '사람들이
날 봤으면 어쩌지?'라고 생각할 뿐이다.

-탈무드

10월 18일

만약 우리가 움직이는 배에서 배 안의 어떤 사물을 바라보면 우리의 움직임을 잘 알아챌 수 없다. 만약 우리와 함께 움직이지 않는 사물, 예를 들어 강 언덕을 바라보면 금방 우리의 움직임을 알아챌 수 있다. 삶에서도 마찬가지다. 모든 사람이 다 올바로 살지 않으면 올바로 살고 있지 않다는 것을 알아챌 수 없다. 그러나 한 사람이라도 정신을 차려서 하느님의 뜻에 따라 살면 나머지 사람들이 얼마나 추악하게 행동하고 있는지 분명해진다.

-블레즈 파스칼

인간의 본성은 곧다. 살아가면서 이 본연의 곧음을 잃어버리면 인간은 행복해질 수 없다.

-중국의 금언

세상 사람들은 위대한 사람들이 지녔고, 지닌 좋은 점을 모두 경멸하면서 나쁜 점만을 찾아낸다. 이렇게 그들은 위대한 사람들의 모든 힘을 폄훼하고 왜곡하여 완전히 없애버리고, 심지어 해로운 것으로 만들어버린다.

-존 러스킨

모든 단어는 그 단어를 듣는 사람이 이해할 수 있는 만큼의 의미만을 갖는 **10**월 **19**일

다. 당신은 부정직한 사람에게 정직의 의미를 설명할 수 없으며, 사랑을 모르는 사람에게 사랑의 의미를 설명할 수 없다. 그들이 이해할 때까지 이 단어들의 의미를 끌어내리려 애쓰다 보면 당신은 정직이나 사랑을 표현할 단어가 더 이상 없다는 것을 알게 될 것이다.

-존 러스킨

10월 **20**일 자기완성은 공상이라며 당신에게 "선행을 하지 말라"고 말하는 사람들을 조심하라.

당신 마음속의 고귀한 감정을 일깨우는 영향력을 따르라. 그것을 결코 무익하다고 생각하지 말라.

-존 러스킨

10월 21일

성인은 자기 느낌을 갖지 않는다. 백성의 느낌이 그의 느낌이 된다. 성인은 선한 마음으로 선한 것을 맞이하고, 악한 것도 선한 마음으로 맞이한다. 그는 믿음을 가지고 성실한 사람들을 만나고, 똑같은 믿음을 가지고 불성실한 사람들도 만난다.

성인은 세상에 살면서 사람들과의 관계에 대해 마음을 쓴다. 성인은 모든 사람에게 공감하고, 모든 사람은 눈과 귀를 성인에게로 돌린다.

-노자

오직 세 부류의 사람들만 있다. 어떤

사람들은 하느님을 찾아서 그분을

섬긴다. 이 사람들은 이성적이고 행복하다. 다른 사람들은 하느님을 찾지 못했고, 찾지도 않는다. 이 사람들은 비이성적이고 불행하다. 또 다른 사람들은 하느님을 찾지 못했으나 하느님을 찾고 있다. 이 사람들은 이성적이지만 아직 불행하다.

-블레즈 파스칼

  진리 탐구가 시작되는 곳에서 항상 삶이 시작된다. 진리 탐구가 멈추면 삶도 그 즉시 멈춘다.

-존 러스킨

10월 23일

현자의 가르침을 듣자마자 다른 사람들을 가르치기 시작하는 사람들이 있다. 그들은 먹은 음식을 곧장 토해내는 병든 위와 같다. 그런 사람들을 흉내 내지 말라. 우선 당신이 들은 것을 마음속으로 잘 소화하고 소화되기 전에는 토해내지 마라. 그렇지 않으면 누구도 먹을 수 없는 진짜 토사물이 될 것이다.

-에픽테토스

도덕적 완성을 이루려면 무엇보다 영혼의 순수함에 대해 주의를 기울여야 한다. 마음이 진리를 찾고 의지가 신성한 것을 열망할 때만 영혼은 순수해진다. 그러나 이 모든 것은 참된 지식에 달려있다.

-공자

인간의 삶을 움직이는 세 가지 원동 **10**월 **24**일
력이 있다. 첫째는 인간과 다른 존재
와의 다양한 교섭에서 생기는 감정이다. 둘째는 모방과 훈계, 감
화이다. 셋째는 이성의 귀결이다.

처음 두 가지 원동력으로 이루어진 백만 번의 행동 중 이성의
논증에 근거한 행동은 아마 한 번도 없을 것이다. 각각의 사람들
은, 다종다양한 사람들은 이런 식으로 행동을 한다. 즉, 인간은 수
백만 번의 행동 중에서 한 번 정도 이성에 따라 행동한다.

-레프 **톨스토이**

10월 25일

하느님은 양심과 이성의 힘을 빌려 사람의 마음속에 믿음을 심는다. 완력과 위협으로 믿음을 심어서는 안 된다. 완력과 위협으로는 믿음이 아닌 공포를 심을 뿐이다. 불신자나 몽상가를 심판하고 비난해서는 안 된다. 그렇지 않아도 그들은 망상 때문에 몹시 불행하다. 망상 때문에 이익을 얻는다면 그들을 비난할 수 있다. 그러나 그들은 망상 때문에 이익을 보기는커녕 사람들에게서 멀어지고 해를 입는다.

-블레즈 파스칼

다른 사람들의 믿음을 통찰하고 그들 삶의 주요한 원칙에 마음으로 공감하려는 노력이 언젠가 너에게 해가 되리라고 생각하지 말라. 이런 방법을 통해서만 너는 그들을 올바로 사랑하고 동정하고 평가할 수 있다.

-존 러스킨

만약 두려움 없이 죽음에 대해 생각 **10월 26일**
하고 싶다면 있는 힘을 다해 삶에 충
실했던 사람들의 상태를 자세히 살피고 그들의 입장에 서보도록
하라. 그들은 자신에게 죽음이 너무 빨리 닥쳤다고 생각했을 것
이다. 그러나 많은 사람을 땅에 묻고 더 오래 산 사람들도 결국은
죽었다. 이 시간과 시간 사이는 너무나 짧고, 너무나 많은 고통과
불행이 있었다. 인생의 잔은 얼마나 깨지기 쉬운가!

이 순간에 대해 말할 가치가 있는가? 당신 뒤에 영원이 있고,
당신 앞에도 영원이 있다고 생각해 보라. 이 두 심연 사이에서 사
흘을 살든 삼백 년을 살든 당신에게 무슨 차이가 있겠는가?

-마르쿠스 아우렐리우스

10월 27일

물리 과학이 언젠가 종교에 적대적일 수 있다고 생각하는 것은 의아하다. 하찮은 모든 것처럼 과학은 종교뿐만 아니라 진리에도 적대적이다. 그러나 진실한 과학은 종교에 적대적이지 않을 뿐만 아니라 평화를 전하러 가는 사람들을 위해 산속에 오솔길을 깔아준다.

-존 러스킨

아는 것을 안다고 하고 모르는 것을 모른다고 하는 것이 진짜 학문이다.

-중국의 금언

우리보다 더 위에 있고 더 아래 있는 것, 전에도 있었고 앞으로도 있을 것을 밝혀내려 하는 사람은 태어나지 않았으면 더 좋았을 것이다.

-탈무드

무엇보다 어렵겠지만, 지혜의 첫째
규칙은 자기 자신을 인식하는 것이
다. 이것 역시 어렵겠지만, 자비의 첫째 규칙은 자기 자신에게 만
족하는 것이다. 스스로 만족하여 평안해진 사람만이 다른 사람
들에게 자비를 베풀기 위해 허리띠를 졸라매고 강해질 것이다.

-존 러스킨

참된 도덕성이 무엇인지 분명히 밝혀지면 나머지 모든 것도
분명해진다.

-공자

10월 29일

당신이 자신보다 훌륭한 사람들, 즉 깊이 존경하는 마음으로 바라볼 수 있는 사람들을 찾아낸다면 당신은 더 고결해지고 행복해질 것이다. 만약 당신이 항상 대천사들 가운데서 살 수 있다면 사람들 가운데서 사는 것보다 더 행복할 것이다.

반대로 멍청이들, 말 못 하는 사람들, 추악한 사람들, 사악한 사람들 사이에서 살도록 운명 지워졌다면 당신은 항상 우월감을 느끼겠지만 행복하지는 않을 것이다.

이렇듯 진정한 기쁨과 인류 발전의 모든 힘은 사람들이 숭배 대상을 발견하느냐, 발견하지 못하느냐에 달려있다. 그리고 인류의 모든 비열한 행위와 불행은 모든 것을 경멸하는 습관에서 시작된다.

-존 러스킨

실제 일상생활에서 무언가 은밀한 **10**월 **30**일
구석이 있는 곳에는 어디든지 범죄
와 위험이 있음을 알게 될 것이다. 비밀이 필요하다는 것이 존재
할 수 있다는 것은 말이 안 된다. 이와 반대로 인간 생명의 존엄
성과 안전은 그 개방성과 직접적인 관련이 있다.

-존 러스킨

너에게 비난받을 만한 무언가가 있다면 너 자신이 빨리 그것
에 대해 말하라.

-탈무드

10^월 31^일

"너희는 자기를 위하여 보물을 땅에다가 쌓아두지 말아라. 땅에서는 좀이 먹고 녹이 슬어서 망가지며, 도둑들이 뚫고 들어와서 훔쳐간다. 그러므로 너희를 위하여 보물을 하늘에 쌓아두어라. 거기에는 좀이 먹고 녹이 슬어서 망가지는 일이 없고, 도둑들이 뚫고 들어와서 훔쳐가지도 못한다. 너희의 보물이 있는 곳에 너희의 마음도 있을 것이다."

-마태복음 6장 19~21절

도둑들이 훔칠 수 없고 폭군들이 감히 횡령할 수 없으며, 죽어서도 네 뒤에 남아있고 절대 줄지도 않고 썩지도 않을 재산을 모아라.

-인도의 속담

오늘 하루, 톨스토이처럼

NOVEMBER

11월 1일　　　모든 정직한 사람에게 기도는 매 순간 그에게 선을 행하시는 창조주와의 관계를 명확히 하는 것이며, 사람들과의 관계, 즉 같은 하느님 아버지의 자녀인 사람들에 대한 의무를 명확히 하는 것이다. 또한 그의 모든 행동에 대한 자신과의 결산이며, 과거에 저지른 실수와 잘못된 행동으로부터 미래의 자신을 지키기 위한, 자신의 어두운 과거에 대한 고찰이다.

-탈무드

상황을 강요하는 사람이 있지만, 때에 따 **11**월 **2**일
라 거꾸로 상황이 그를 강요한다. 상황에
따르는 사람이 있지만, 상황도 그를 따른다.

상황이 너에게 도움이 되지 않을 때 저항하지 말고 자연스런 흐름에 맡겨라. 상황에 역행하는 사람은 상황의 노예가 되고, 순응하는 사람은 그 주인이 되기 때문이다.

-**탈무드**

운명에 우연은 없다. 사람은 자기 운명을 맞이하기보다는 오히려 자기 운명을 만들어간다.

-**프랑수아 빌맹***

지식은 통화(通貨)와 비슷하다. 만약 사람 **11**월 **3**일
이 금을 가공하여 동전을 만들려고 했다
면, 혹은 최소한 유통되는 동전을 정직하게 얻었다면 그는 동전의 소유를 어느 정도 자랑할 권리가 있다. 그러나 그가 아무것도 하지 않고, 어떤 행인이 보는 앞에서 내던져진 동전을 주웠다면 그는 무슨 근거로 동전을 자랑할 수 있겠는가?

-**존 러스킨**

---

* 프랑스의 문학사가이자 예술학자(1790~1870).

11월 4일

원하는 대로 사는 사람만이 자유롭다. 이성적인 사람은 항상 원하는 대로 산다. 이 세상에서 아무도 그가 자유롭게 사는 것을 막을 수 없다. 그는 받을 수 있는 것만을 원하기 때문이다. 그러므로 이성적인 사람은 자유롭다.

아무도 죄인이 되기를 원하지 않고, 아무도 망상 속에서 부정직하게 살고 싶어 하지 않고, 아무도 괴롭고 비참한 인생을 일부러 선택하지 않고, 아무도 추잡하고 방탕하게 살고 싶다고 말하지 않는다. 즉, 옳지 않은 인생을 사는 모든 사람은 자기 바람대로 사는 것이 아니라 자기 의지에 반해서 사는 것이다. 그들은 슬픔도 공포도 원치 않지만, 항상 고통을 당하고 두려워한다. 그들은 하고 싶지 않은 것을 하고 있다. 그래서 자유롭지 못하다.

-에픽테토스

기도하기 전에 네가 경건하게 생각을 집 **11**월 **5**일
중할 수 있는지 자신을 시험해 보라. 경건
하게 생각을 집중할 수 없다면 기도하지 말아라.

　슬픔, 게으름, 웃음, 수다, 경박함, 즐거운 대화에 빠져있다면
기도해서는 안 된다. 오직 경건한 희열에 잠겼을 때만 기도하라.

　만약 네가 기분이 좋지 않다면 기도를 삼가는 것이 낫다.

　습관적으로 기도하는 사람의 기도는 진실하지 않다.

-**탈무드**

11월 **6**일　　　　단 하나의 신성한 대의(大義), 명령받은 유
　　　　　　　　일한 희생은 정의다. 그런데 우리는 정의
를 실현하는데 가장 소극적이다. 정의만 빼고 무엇이든지 우리
에게 요구하라. 당신은 "자비가 심판 위에 있다"라고 말한다. 그
렇다. 자비는 정의보다 더 크고 정의의 정점이며 교회이다. 정의
는 교회의 토대가 된다. 그러나 토대에서 시작하지 않으면 당신
은 정점에 다다를 수 없다. 당신은 자비가 아닌 오직 정의에 기초
하여 일할 수 있다. 이렇게 단순한 이유로 정의 없는 자비는 없다.
정의는 선행에 대한 마지막 포상이다.

-**존 러스킨**

11월 7일

"좁은 문으로 들어가거라. 멸망으로 이끄는 문은 넓고, 그 길이 널찍하여서 그리로 들어가는 사람이 많다. 생명으로 이끄는 문은 너무나도 좁고, 그 길이 비좁아서 그것을 찾는 사람이 적다."

-마태복음 7장 13~14절

수천 개의 길이 망상으로 통하고, 하나의 길만이 진리로 통한다.

-장 자크 루소*

* 프랑스의 작가이자 사상가(1712~1778). 인위적인 문명사회의 타락을 비판하고 자연으로 돌아갈 것을 역설했다. 저서에《인간 불평등 기원론》,《사회계약론》등이 있다.

무언가 당신을 슬프게 하고 고통스럽게 **11**월 **8**일
하면 첫째, 더 나쁜 많은 일이 당신에게
일어날 수 있었고, 다른 사람들에게도 일어날 수 있었으며, 지금
도 일어나고 있음을 생각하라. 둘째, 지금은 당신이 편안하고 무
심하게 떠올리는 사건이나 상황도 이전에는 당신을 슬프게 했고
고통스럽게 했다는 것을 기억하라. 셋째, 당신의 슬픔과 고통은
당신의 믿음을 보여주고 단련시키는 시험이라 생각하라.

-레프 톨스토이

11월 **9**일 　　　우스꽝스러운 인형을 조종하는 것처럼
　　　　　　　　　너를 조종하는 욕망, 소심함, 허영보다 더
고결한 신성(神性)이 네 안에 있다는 것을 알아라.

-마르쿠스 아우렐리우스

　명상은 불멸에 이르는 길이고, 경솔은 죽음에 이르는 길이다.
늘 명상하며 깨어있는 사람은 결코 죽지 않는다. 반면에 경솔하
며 깨어있지 않은 사람은 죽은 사람과 같다. 스스로 깨어있어라.
자신을 지키고 열심히 귀 기울이는 너는 반드시 행복할 것이다.

-부처의 가르침

11월 10일

당신은 어떤 사람을 구덩이로 밀치면서 하느님이 정해 놓은 그 상태에 만족해야 한다고 말한다. 오늘날의 기독교도 마찬가지다. "우리는 그를 밀치지 않았다"라고 당신은 말한다.

물론 그렇다. 우리는 매일 아침과 낮에 '자신에게 유익한 일이 아니라 정의로운 일을 했는가?'라고 자문하기 전까지 우리가 하는 일과 하지 않는 일을 모두 의식하지 않을 것이다.

그리고 "한 조각의 정의가 칠십 년 동안의 기도보다 더 가치가 있다"라고 말하는 이슬람교도들 발언의 정당성을 최소한 인정할 줄 아는 기독교인이 되어야 한다. 그때에서야 우리는 우리가 하는 일과 하지 않는 일을 모두 깨닫게 될 것이다.

-존 러스킨

도대체 죽음이 무엇인지, 사람에게 죽음 **11**월 **11**일
은 최대의 선인지 아닌지 아무도 모른
다. 그러나 마치 죽음이 최대의 악이라는 것을 아는 것처럼 모두
가 죽음을 무서워한다.

-플라톤

   이성적인 사람에게는 죽음을 원하는 것도, 죽음을 무서워하는
것도 똑같이 무의미하다.

-아라비아의 속담

11월 **12**일

변하는 자기 모습, 자신의 이름과 육체에서 자기를 보지 않는 사람은 삶의 진리를 알고 있다.

해탈의 첫 단계에서 맛보는 신성한 기쁨은 땅을 지배하는 것보다 더 영광스럽고, 하늘에 오르는 것보다 더 멋지고, 세상을 통치하는 것보다 더 영광스럽다.

-부처의 가르침

자기 안의 개성을 부정하는 사람에게만 가르침의 말씀이 견고하다.

-탈무드

당신의 거룩함과 분별심을 버려라. 그 **11**^월 **13**^일
러면 백성은 백 배 더 행복해질 것이다.

당신의 너그러움과 정의로움을 버려라. 그러면 백성은 자식과 부모 간의 예전 사랑으로 돌아갈 것이다. 당신의 교활함과 계산을 버려라. 그러면 도적들은 더 이상 존재하지 않을 것이다. 외적인 것만으로는 이 세 가지를 달성할 수 없다. 이 세 가지를 달성하려면 더 단순해지고 욕망에서 벗어나고 덜 따지고 덜 계산적이어야 한다.

-노자

11^월 **14**^일   "빛이 있는 동안에 너희는 그 빛을 믿어서 빛의 자녀가 되어라."

-요한복음 12장 36절

진리는 언제나 진리이고, 악은 언제나 악이다. 미친 사람만이 악을 저지르면서 누군가의 행복을 위해 악행을 한다고 말한다. 하느님의 존재를 부정하는 주요하고 특별한 방법은 세상 사람들의 말을 무조건 옳다고 인정하고, 하느님의 뜻에 어떤 의미도 부여하지 않는 것이다.

-존 러스킨

11월 15일

친척들, 친구들 그리고 이웃들은 오래 집을 비웠다가 무사히 귀가한 사람을 기쁜 마음으로 환영하고, 여기저기서 선행을 한 그를 반갑게 맞이한다. 그들은 자신의 좋은 친구를 반갑게 맞이하듯이 떠났던 사람을 반갑게 맞이하고 환영한다.

-부처의 가르침

밤에 편히 잘 수 있게 낮에 올바로 행동하고, 노년이 편하도록 젊은 날에 열심히 일하라.

-인도의 속담

모든 사람은 자신의 결점, 단점, 온갖 나쁜 면을 분명히 볼 수 있는 타자(他者) **11월 16일** 라는 거울을 갖고 있다. 그러나 대다수 사람이 거울에 비친 자기 모습을 보고 자신이 아니라 개라고 생각하며 거울을 향해 짖어대는 개처럼 행동한다.

-아르투어 쇼펜하우어

오직 다른 사람의 눈으로만 자신의 결점을 볼 수 있다.

-중국의 속담

서른 개의 바큇살이 하나의 빈 바퀴통에 붙어 **11**월 **17**일
있다. 바퀴의 효용성은 비어있는 부분, 바퀴통
의 텅 빈 공간에 달려있다.

그릇은 찰흙으로 만들어진다. 그릇의 효용성은 비어있는 부분,
그릇의 텅 빈 공간에 달려있다.

사람들은 집에 문과 창문을 낸다. 집의 효용성은 비어있는 부
분, 집 안의 텅 빈 공간에 달려있다.

그러므로 모든 물건은 바로 비어있는 부분이 있기에 쓸모가
있는 것이다.

-노자

11월 18일

해(害)는 사람을 흉측하고 약하게 만든다. 정신력이 강한 사람에게는 외부의 장애가 해를 끼치지 못한다. 가축들이 장애물을 만나면 사나워지듯이 정신력이 강한 사람이 장애물을 만나면 도덕적인 아름다움과 힘을 얻는다.

-마르쿠스 아우렐리우스

행복이나 불행의 유혹에 결코 흔들리지 않는 사람은 적을 한 번도 만나지 않은 군인처럼 죽는다.

-프리드리히 클링거*

---

* 독일의 극작가이자 소설가(1752~1831). 그의 격정적인 희곡 〈질풍과 노도〉는 당시 문예사조의 명칭이 되었다.

사람의 행복은 자기 재능에 대한 믿음 **11**월 **19**일
보다는 다른 사람들의 재능에 감탄하
는 능력에 달려있다. 아주 존경 어린 감탄은 사람이 가진 최고의
능력이다. 하등동물은 이 느낌을 공유할 때만 행복하고 고결해
진다. 개는 당신을 존경하지만 파리는 당신을 존경하지 않는다.
더 고결한 존재를 부분적으로나마 이해할 수 있는 이 능력이 바
로 개의 고결함이다.

-존 러스킨

11월 20일

무지는 결코 악을 저지르지 않는다는 것을 알아라. 오직 망상만이 해롭다. 사람들은 몰라서가 아니라 자신이 알고 있다고 생각하기 때문에 망상에 빠진다.

-장 자크 루소

현자는 대문 밖을 나서지 않고 창밖을 보지 않아도 천지자연의 이치를 헤아려서 무슨 일이 일어날지 알고 있다. 멀리 가면 갈수록 아는 것은 더 적어진다. 그러므로 성인은 여행하지 않고도 지식을 얻고, 물건을 보지 않고도 그 물건이 무엇인지 알며, 억지로 일하지 않으면서도 큰일을 한다.

-노자

"너희는 기도할 때에 위선자들처럼 하지 말아라. 그들은 사람들에게 보이려고 회당과 큰길 모퉁이에 서서 기도하기를 좋아한다. 내가 진정으로 너희에게 말한다. 그들은 자기네 상을 이미 다 받았다. 너는 기도할 때에 골방에 들어가 문을 닫고서 숨어서 계시는 네 아버지께 기도하여라. 그리하면 숨어서 보시는 너의 아버지께서 너에게 갚아주실 것이다."

-마태복음 6장 5~6절

하느님이 좋아하시는 마음속 기도가 진짜 기도이다.

집에서 하는 기도가 가장 좋다. 집회에서는 질투, 빈말, 징벌을 초래하는 비방을 피할 수 없기 때문이다. 게다가 대화를 하려고 모이는 축일에는 아예 기도하지 않는 게 좋다.

-탈무드

11월 22일

기도하는 사람의 행동은 기도의 의미와 목적에 맞아야만 한다. 기도하기 전에 나쁜 짓을 했거나 아무런 선행도 하지 않았다면, 기도하는 사람은 우선 죄를 회개하여 죄 사함을 받아야 한다. 더러운 옷을 입고 필요한 것을 청원하러 하느님 앞에 나간다는 것은 큰 무례이기 때문이다.

마찬가지로 불쾌한 말, 중상, 불필요한 맹세와 서약 등을 습관적으로 해대는 사람이 하느님께 입으로만 기도한다면, 이것은 더러운 상자에 든 선물을 하느님께 드리는 것이다. 그러므로 자신의 혀와 입을 깨끗이 해야 한다. 만약 혀와 입으로 죄를 지었다면 온전히 회개하려고 노력해야 한다.

-탈무드

모든 새로운 욕망은 새로운 결핍의 시 작이고, 새로운 슬픔의 싹이다.

-볼테르*

욕망의 노예는 노예들 가운데 가장 비천하다.

-탈무드

.

---

* 프랑스 계몽기의 사상가(1694~1778). 일찍부터 풍자 시인으로 이름을 얻었으나, 뒤에 신앙과 언론의 자유를 추구하는 합리주의적인 계몽사상가로 활약하였다. 작품에 소설 〈캉디드〉, 저서에 논문집《철학 사전》이 있다.

11월 24일

우주가 존재하기 시작했을 때, 이성이 우주의 어머니가 되었다.

자기 어머니를 아는 사람은 자신이 어머니의 자식임을 안다. 이것을 알게 되면 그는 온갖 위험에서 벗어날 수 있다.

그가 목숨이 다하여 입과 감각의 문을 닫게 될 때, 그는 어떤 불안도 느끼지 않는다.

-노자

육체가 원래 왔던 흙으로 돌아가고, 숨이 그것을 주신 하느님께로 돌아가기 전에 네 창조주를 기억하여라.

-전도서 12장 7절

하느님이 너에게 주신 영혼을 그대로 하느님께 돌려드려라. 하느님은 너에게 순결한 영혼을 주셨으니 하느님께 순결한 영혼을 돌려드려라.

-탈무드

사람들이 현자에게 물었다.

"보이지 않는 영혼에게 어떻게 봉사해야만 합니까?"

현자가 대답했다.

"우리가 아직 사람에게도 봉사할 수 없는데, 어떻게 보이지 않는 영혼에게 봉사할 수 있겠는가?"

사람들이 다시 현자에게 물었다.

"도대체 죽음이란 무엇입니까?"

현자가 말했다.

"우리가 아직 삶이 무엇인지 모르는데, 어떻게 죽음이 무엇인지 알겠는가?"

-중국의 금언

11월 25일

행동의 씨를 뿌리면 습관이라는 열매를 수확하고, 습관의 씨를 뿌리면 성격이라는 열매를 수확하며, 성격의 씨를 뿌리면 운명이라는 열매를 수확할 것이다.

-윌리엄 새커리*

성스러움을 얻는데 절제보다 더 중요한 것은 없다. 절제는 어린 시절부터 습관이 되어야 한다. 만약 절제가 어린 시절의 습관이라면, 그 절제는 많은 선행을 할 수 있다. 많은 선행을 한 사람이 극복할 수 없는 것은 아무것도 없다.

-노자

젊은 시절에 욕망의 노예였던 사람은 늙어서도 욕망의 지배를 받는다.

악한 욕망의 시작은 달콤하나 그 끝은 쓰디쓰다.

-탈무드

---

* 영국의 소설가(1811~1863). 물질생활에 젖은 사람들을 풍자적으로 그렸다. 작품에 〈허영의 시장〉, 〈펜데니스〉 등이 있다.

무서운 것을 무서워하지 않고, 정말로 **11**월 **26**일
무서운 것 앞에서 떨지 않는 사람은
잘못된 견해를 따르면서 파멸의 나쁜 길로 접어드는 것이다.

-중국의 금언

다른 사람들을 아는 사람은 지혜로운 자이고, 자기 자신을 아는 사람은 깨달은 자다.

다른 사람들을 이기는 사람은 강하고, 자기 자신을 이기는 사람은 더 강하다.

죽어가면서 자기가 없어지지 않는다는 것을 아는 사람은 영원하다.

-노자

11월 **27**일   현존하는 물질 법칙에 따르는 완전성의 정도는 대상의 크기와 완전히 일치한다. 먼지 입자는 태양과 달보다 만유인력의 법칙에 그다지 영향을 받지 않는다. 대양은 강과 호수가 인식하지 못하는 영향, 즉 썰물과 밀물의 영향을 받아 흐르고 넘친다.

-존 러스킨

11월 28일

"'네 이웃을 사랑하고, 네 원수를 미워하여라' 하고 말한 것을 너희는 들었다. 그러나 나는 너희에게 말한다. 너희 원수를 사랑하고, 너희를 박해하는 사람을 위하여 기도하여라. 그래야만 너희가 하늘에 계신 너희 아버지의 자녀가 될 것이다. 아버지께서는 악한 사람에게나 선한 사람에게나 똑같이 해를 떠오르게 하시고, 의로운 사람에게나 불의한 사람에게나 똑같이 비를 내려주신다."

-마태복음 5장 43~45절

사람 가운데 가장 완전한 사람은 자기 이웃을 사랑하고, 그들을 좋다 나쁘다 가리지 않고 그들에게 선을 행하는 사람이다.

-마호메트*

* 이슬람교의 창시자(570?~632). 메카 교외의 히라 언덕에서 신의 계시를 받아 유일신 알라에 대한 숭배를 가르치기 시작했으며, 정치적 · 역사적으로 지대한 영향을 미쳤다.

천지는 광대하나 색깔과 형상과 크기

를 가지고 있다. 인간 속에는 색깔도

형상도 숫자도 크기도 없는 그 무언가가 있다. 이것이 이성이라

는 것이다.

　따라서 우주가 그 자체로 생명력을 가질 수 없다면, 우주는 인

간의 이성에 의해 생명력을 얻을 수 있다. 그러나 우주는 무한하

고 인간의 이성은 유한하다. 그러므로 인간의 이성은 우주의 이

성이 될 수 없다.

　이것으로 볼 때 우주는 이성에 의해 생명력을 얻어야만 하고,

이 이성은 분명히 무한해야 한다.

-공자

11월 30일

열매가 자라기 시작하면 꽃잎은 떨어진다. 하느님에 대한 인식이 너의 마음속에 자라기 시작하면 너의 연약함도 너에게서 떨어져 나갈 것이다.

천 년 동안 어둠이 공간을 채우고 있었다 해도 빛이 그 공간에 스며들면 그 공간은 금방 밝아진다. 너의 영혼도 마찬가지다. 너의 영혼이 오랫동안 어둠에 묻혀 있었다 해도 영혼 속에서 신이 눈을 뜨자마자 너의 영혼은 온통 밝아질 것이다.

-라마크리슈나 파라마한사*

---

* 인도의 철학자이자 종교개혁가(1836~1886). 본명은 가다다르 카토파댜야.

오늘 하루, 톨스토이처럼

12

DECEMBER

12월 1일　　　경험을 통해 지혜로워진 노인들이 너에게 "파괴하라"라고 말하고, 젊은이는 "창조하라"라고 말한다면 창조하지 말고 파괴하라. 노인들의 파괴는 창조이고, 젊은이의 창조는 파괴이기 때문이다.

　　노인이 늙고 병약해져서 자신의 지식을 잊어버리게 될 때 그를 존경하라.

　　계명을 새긴 깨진 석판들도 온전한 석판들과 함께 언약궤 속에 있었다.

-탈무드

이성과 양심의 지침에 근거하여 자신의
상황과 직업을 선택하는 문제로 고민하

12월 2일

는 것보다 자기 뜻과는 전혀 다른 상황에서 어떻게 사느냐의 문
제로 더 걱정하는 사람들을 보면 마음이 슬프다.

사람은 자기에게 닥친 일이 옳은 일이라 미리 확신하고, 그 일
이 실제로 좋은지 나쁜지 분석할 생각을 하지 않는다. 그는 일을
어떻게 더 성공적으로 수행할 수 있을지에만 관심을 기울인다.

그러나 만약 그가 일의 본질을 분석하기로 결심했다면, 그는
자신의 직업을 완전히 바꿔야 할 것이다.

-블레즈 파스칼

12월 **3**일
자신의 의무의 법칙에 대한 탐구를 좋아하는 사람은 도덕 과학에 가깝다.

자신의 의무를 다하려고 노력하는 사람은 인류애, 즉 모든 사람의 행복을 바라는 것에 가깝다.

자신의 의무를 수행하면서 자신의 나약함에 얼굴을 붉히는 사람은 의무 수행에 필요한 정신력에 가깝다.

-중국의 금언

세상의 모든 참된 행복과 진실한 영광은 노동과 눈물로 얻어야 한다. 그리고 정직한 사람은 항상 이렇게 자문해야 한다.

"내가 믿음을 갖고 있다면, 내가 정말로 소중한 무언가를 갖고 있다면 나는 그것을 위해 흔쾌히 죽을 준비가 되어있는가?"

-존 러스킨

네가 해야만 하는 일을 했는지는 매우 12월 4일
중요한 의미를 지닌다. 네 삶의 유일한
의미는 너에게 주어진 이 짧은 생애에 생명을 주신 하느님이 원
하는 것을 네가 행하고 있느냐에 달려있기 때문이다.

너는 하느님이 원하시는 것을 하고 있느냐?

사람은 자신의 길을 깊이 생각하고, 하느님은 그의 발걸음을
인도한다.

-탈무드

12월 5일

"너희가 심판을 받지 않으려거든 남을 심판하지 말아라. 너희가 남을 심판하는 그 심판으로 하느님께서 너희를 심판하실 것이요, 너희가 되질 하여 주는 그 되로 너희에게 되어서 주실 것이다. 어찌하여 너는 남의 눈 속에 있는 티는 보면서 네 눈 속에 있는 들보는 깨닫지 못하느냐? 네 눈 속에는 들보가 있는데, 어떻게 남에게 말하기를 '네 눈에서 티를 빼내줄 테니 가만히 있거라' 할 수 있겠느냐? 위선자야, 먼저 네 눈에서 들보를 빼내어라. 그래야 네 눈이 잘 보여서 남의 눈 속에 있는 티를 빼줄 수 있을 것이다."

-마태복음 7장 1~5절

어떤 사람이 망상하는 것을 보고서 그에게 화내지 말라. 일부러 망상에 빠지지 않는다는 것을 이해하라. 아무도 자신의 이성이 몽롱해지는 것을 원하지 않는다. 망상에 사로잡힌 자는 거짓을 진리라고 받아들이는 사람이다.

그러나 사람들이 망상에 빠지지 않고도, 심지어 그들 앞에 진리가 명명백백하게 드러났을 때조차도 일부러 진리를 받아들이지 않는 경우가 있다. 그들이 진리를 받아들이지 않는 이유는, 진리를 이해할 수 없기 때문이 아니라 진리가 그들의 나쁜 행위를 폭로하고 그들의 죄를 정당화하는 기회를 빼앗아버리기 때문이다. 이런 사람들 역시 응당 분노가 아니라 동정을 받아야 한다. 그들의 양심이 병들었기 때문이다.

-에픽테토스

자신과의 싸움과 자신에 대한 폭력은 우리가 이전에 지은 죄의 결과임에 틀림없다. 그러나 이런 폭력은 정겹고 정당한 것이다. 어머니는 짐승의 아가리에서 자기 아이를 끄집어낸다. 아이는 아프지만 자기가 겪는 고통이 자기를 구해준 어머니가 아니라 자기를 붙잡아 두려는 짐승 때문이라고 생각할 것이다.

사람도 하느님을 공경하는 마음과 불신하는 마음의 싸움을 이와 똑같이 생각해야 한다. 즉, 이 어머니처럼 하느님을 공경하는 마음이 하느님을 불신하는 마음으로부터 우리 영혼을 빼내는 것이다.

이 싸움은 우리에게 고통스럽지만 필요한 것이며, 우리에게 행복을 가져다준다. 만약 하느님이 우리를 전혀 싸움이 없는 상태로 방치한다면 우리에게는 더 나쁠 것이다. 이 싸움이 없다면 우리 마음속에 하느님을 공경하는 마음이 생기지 않을 수도 있다.

-블레즈 파스칼

12월 7일

선택받은 사람들을 아는 것은 좋은 일이며, 그들과 함께 사는 것은 참된 행복이다. 어리석은 사람들과 만나지 않아도 되는 사람은 행복하다.

-부처의 가르침

사람이 더 현명하고 더 착할수록 남들의 좋은 점을 더 많이 발견한다.

-블레즈 파스칼

가장 고상한 형태의 상상력은 통제될 수 **12**월 **8**일
없고, 어느 정도 꿈의 특징을 지니고 있다. 따라서 영감은 초대되는 것이 아니다. 영감은 영감을 받은 사람들에게 복종하지 않고 자기 자신에게 복종한다. 또한 선지자처럼 그들의 말과 생각에 통제되지도 않는다. 그러나 사람이 올바로 교육받고, 그의 마음이 평안하고 견고하며 강하다면, 영감은 깨끗한 거울 속에서처럼 선명하고 확실하게 보인다.

만약 그의 이성이 올바르지 않고 불완전하다면, 영감은 깨진 거울 속에서처럼 이상하게 왜곡되어 볼품없어 보일 것이다. 자신의 숨결이 담긴 영혼의 모든 열정은 영감을 일그러진 주름으로 덮어버려 올바른 특징을 거의 남기지 않을 것이다.

-존 러스킨

12월 9일

경박한 정신에 예속될 때까지 사람은 죄를 짓지 않는다.

-탈무드

비열한 사람의 가장 확실한 특징은 모든 것에서 우스꽝스러운 면만을 보는 습관이다. 우스꽝스러운 것은 항상 표면에 나타나기 때문이다.

-아리스토텔레스*

'악은 나와 상관없다'라고 마음속으로 말하면서 악에 대해 가볍게 생각하지 않도록 하라. 물그릇은 작은 물방울이 모여서 차고 넘친다. 광인은 조금씩 악행을 저지르면서 온몸이 악으로 가득 차게 된다.

'선은 나와 무관하다'라고 마음속으로 말하면서 선에 대해 함부로 생각하지 않도록 하라. 물은 한 방울씩 모여 그릇을 가득 채우고, 현자는 조금씩 선을 행하면서 온몸이 선으로 가득 차게 된다.

-부처의 가르침

* 그리스의 철학자(B.C.384~B.C.322). 소요학파의 창시자이며, 중세 스콜라철학을 비롯해 후대의 학문에 큰 영향을 주었다. 저서에《형이상학》,《자연학》,《시학》,《정치학》등이 있다.

하느님이나 자신에게 봉사하려는 우
리의 소망을 제외한 모든 것이 하느님
의 지배 아래 있다.

우리는 새들이 머리 위로 날아다니는 것을 막을 수 없지만, 머리 위에 둥지를 못 틀게 할 수는 있다. 마찬가지로 우리는 나쁜 생각이 머릿속에 떠오르는 것을 막을 수 없지만, 나쁜 생각이 사악한 행동을 낳아서 세상에 내보내는 둥지를 못 틀게 할 수는 있다.

-마르틴 루터*

---

* 독일의 종교 개혁자이자 신학 교수(1483~1546). 1517년에 로마 교황청이 면죄부를 마구 파는 데에 분격하여 이에 대한 항의서 95개조를 발표하여 파문을 당하였으나 이에 굴복하지 않고 종교 개혁의 계기를 마련하였다. 1522년 비텐베르크성에서 성경을 독일어로 완역하여 신교의 한 파를 창설하였다.

12월 11일

자기 자신을 교정하기는 정말로 어렵다. 그러나 교정 그 자체가 어려운 게 아니라 우리가 오랫동안 악습에 젖어서 어려운 것이다.

악습은 우리가 가야 할 교정의 길을 복잡하게 만든다. 악습이 마음속에 뿌리를 내린 만큼 우리는 이 싸움 때문에 고통을 당한다. 우리는 피할 수 없는 이 싸움의 책임이 하느님께 있다고 생각해서는 안 된다. 우리에게 악습이 없었다면 이 싸움도 없었을 것이기 때문이다. 즉, 이 싸움의 원인은 우리 자신의 불신에 있다. 그러나 우리의 구원도 이 싸움에 있다. 만약 하느님이 우리를 이 싸움에서 벗어나게 했다면, 불행한 우리는 여전히 악습에 젖어 있을 것이다.

-블레즈 파스칼

그리고 그들에게 비유를 하나 말씀하
셨다. "어떤 부자가 밭에서 많은 곡식

을 거두었다. 그래서 그는 속으로 '내 곡식을 쌓아둘 곳이 없으니 어떻게 할까?' 하고 궁리하였다. 그는 혼자 말하였다. '이렇게 해야겠다. 내 곳간을 헐고서 더 크게 짓고, 내 곡식과 물건들을 다 거기에 쌓아두겠다. 그리고 내 영혼에게 말하겠다. '영혼아, 여러 해 동안 쓸 많은 물건을 쌓아두었으니 너는 마음 놓고 먹고 마시고 즐겨라.' 그러나 하느님께서 말씀하셨다. '어리석은 사람아, 바로 오늘 밤에 네 영혼을 네게서 도로 찾을 것이다. 그러면 네가 장만한 것들이 누구의 것이 되겠느냐?'"

-누가복음 12장 16~20절

'이 아들은 내 것이고, 이 재물은 내 것이다'라고 어리석은 사람은 생각한다. 그러나 그 자신도 그의 것이 아닌데 어떻게 아들과 재물이 그의 것일 수 있겠는가?

-부처의 가르침

12월 13일　　　　　사람들이 현자에게 물었다.

　　　　　"자신의 선행을 늘리고, 자신의 결점을 고치고, 이성의 오류를 깨닫기 위해 어떻게 해야 합니까?"

　현자가 대답했다.

　"좋은 질문이다. 선행을 늘리기 위해서는 해야만 하는 것을 가장 먼저 하고, 여기에서 나오는 이익을 기대하지 말아야 한다. 자신의 결점을 고치기 위해서는 다른 사람들의 결점을 고칠 생각을 하지 말아야 한다. 이성의 오류를 깨닫기 위해서는 겸손해져야 하고 자신을 믿어서는 안 된다."

-중국의 금언

"시간이 지나간다!"라고 우리는 잘 알　　　　　**12월 14일**
지도 못하면서 습관적으로 말한다. 시
간은 멈추어 있는데, 우리가 지나가는 것이다.

-탈무드

　시간은 우리 뒤에 있고, 시간은 우리 앞에 있으며, 시간은 우리와 함께하지 않는다.

-속담

모든 진리 속에 망상의 씨앗이 있는 것처럼 모든 망상 속에 진리의 고갱이가 있다.

12월 **15**일

-프리드리히 뤼케르트*

사람이 지닌 최고의 자질은 오직 심각한 결점과 함께 나타날 수 있다.

-존 러스킨

---

* 독일의 낭만파 시인이자 동양학자(1788~1866). 동양 문학을 유럽에 소개했으며, 어린 이를 위한 동화 작가로도 유명하다.

12월 16일

결코 만족을 구하지 말라. 그러나 모든 일에서 항상 만족을 얻을 준비를 하고 있으라. 만약 손이 바쁘고 마음이 자유롭다면 가장 하찮은 것도 그 나름의 만족을 가져다주고, 당신이 듣는 모든 것에서 한 가닥 기지(機智)를 발견할 것이다. 그러나 당신이 만족을 삶의 목표로 정한다면 가장 희극적인 장면을 보고도 진짜로 웃지 못하는 날이 올 것이다.

-존 러스킨

12월 17일

논쟁을 삼가라. 아무도 설복할 수 없다. 견해는 못과 같은 것이다. 못은 때리면 때릴수록 더 깊이 들어가는 법이다.

-유베날리스*

우리는 자주 경험을 통해 사람들이 혀를 통제하지 못하듯이 거의 아무것도 통제하지 못한다는 걸 배운다.

-바뤼흐 스피노자**

* 고대 로마의 시인(55?~140?). 풍자시로 당시의 부패한 상황을 고발했다.
** 네덜란드의 유대계 철학자(1632~1677). 데카르트의 합리주의에 입각하여 물심 평행론과 범신론을 제창했다. 저서에 《윤리학》, 《신학 정치론》, 《지성 개선론》 등이 있다.

아직 평온한 것은 유지하기 쉽고, 아 **12**^월 **18**^일
직 나타나지 않은 것은 예방하기 쉽
다. 연약한 것은 부서지기 쉽고, 작은 것은 흩어지기 쉽다.

일이 생기기 전에 미리 걱정하지 말라. 무질서가 나타나기 전에 미리 규율을 만들지 말라.

굵은 나무는 가는 나뭇가지에서 시작되었다. 구층탑은 작은 벽돌 쌓기에서 시작된다. 천 리 길 여행도 한 걸음에서 시작된다. 처음처럼 끝까지 주의를 기울여라. 그러면 너는 시작한 일을 완수할 것이다.

-노자

12월 19일

"내가 진정으로 진정으로 너희에게 말한다. 밀알 하나가 땅에 떨어져 죽지 않으면 한 알 그대로 있고, 죽으면 열매를 많이 맺는다."

-요한복음 12장 24절

삶의 목적은 삶의 모든 현상에 사랑이 스며들게 하는 것이다. 나쁜 삶을 천천히 좋은 삶으로 변화시킨다면 그것은 참된 삶을 창조하는 것이고 사랑의 삶을 낳는 것이다. 참된 삶은 사랑의 삶이기 때문이다.

-레프 톨스토이

열등한 민족은 현자들을 십자가형에 **12**월 **20**일
처하거나 독살하고, 광인들이 자유
롭게 떠돌아다니다가 죽게 내버려둔다.

지혜로운 민족은 현자들의 말을 따르고 광인들을 제지하고 모
든 사람을 사랑한다.

-존 러스킨

가장 훌륭한 현자들이 다스리는 나라에서 백성들은 현자들이
있는지 알지 못한다. 훌륭한 현자들이 다스리는 나라에서 백성
들은 현자들을 사랑하고 칭송한다. 그 아래 현자들이 다스리는
나라에서 백성들은 현자들을 무서워하고, 훨씬 더 아래 현자들
이 다스리는 나라에서 백성들은 현자들을 경멸한다.

-노자

12월 21일 위대한 불변의 진리인 모든 경제 법칙과 기본을 항상 기억하라. 즉, 당신이 가진 것은 다른 누구도 가질 수 없고, 당신이 사용하거나 소비하는 모든 물질 각각의 원자는 인간 생활의 입자임을 항상 기억하라. 만약 당신이 현재 생활의 유지나 구원, 혹은 더 훌륭한 생활의 발전과 창조를 위해 살고 있다면 당신은 잘사는 것이다. 그러나 그 반대의 경우라면 당신은 생활의 발전을 막거나 생활을 망치는 것이다.

-존 러스킨

소박하고 착하고 순결하고 올바르고 하느님을 공경하고 정의롭고 용감하고 **12월 22일** 자비로워라. 그리고 자신의 의무를 수행하는 데 열중하라. 모든 면에서 이성과 양심의 명령에 따라 행동하고, 모든 사람의 행복을 염려하라. 인생은 짧다. 인생의 가장 귀중한 열매, 즉 사람들의 행복을 위해 선행을 게을리하지 말라.

-마르쿠스 아우렐리우스

내 아이들아! 만약 누가 말로 너희들을 모욕한다면, 그 모욕에 큰 의미를 부여하지 말고 대수롭지 않게 생각하라. 그러나 만일 너희들이 다른 사람에 대해 모욕적인 말을 했다면, '도대체 우리가 무슨 말을 했단 말인가? 이건 하찮고 대수롭지 않은 말이다'라고 하면서 네 양심과 흥정하지 말아라.

아니다. 너희들이 남에게 모욕적인 말을 한 것을 결코 가볍게 생각하지 말고, 너희들의 간청이나 친구들의 중재로 모욕받은 사람이 완전히 너희들을 용서하고 화해하려고 할 때까지는 매우 중요한 일이라 생각하라.

-탈무드

12월 24일

훌륭한 학문으로 나아가는 길은 백합이 흩뿌려진, 비단 같이 부드러운 잔디를 따라 나 있지 않다. 그 길을 가려는 사람은 항상 위험한 절벽을 따라 기어 올라가야 한다.

'모르스(mors)'는 죽음과 멈춤을 의미하고, '비타(vita)'는 생명과 성장을 의미한다. 그러므로 항상 생기를 잃지 말고 스스로 활기차게 하라.

-존 러스킨

나쁜 일, 즉 우리에게 불행을 가져다주는 일은 쉽게 일어난다. 그러나 우리에게 유익하고 좋은 일은 어렵게 마지못해 일어난다.

-부처의 가르침

자기 자신을 존중하듯이 다른 사람들
을 존중할 수 있을 만큼 자신을 억제

12월 25일

하고, 우리가 남에게 대접받고자 하는 만큼 다른 사람들을 대접
하는 것, 바로 이것을 인류애에 대한 가르침이라고 말할 수 있다.
이것보다 더 높은 것은 없다.

-공자

　사람들은 자신의 두뇌와 마음을 교육하는 것보다 재산을 모으
는 데 천 배나 더 신경을 쓴다. 그러나 행복을 위해서는 마음속에
있는 것이 사람이 가지고 있는 것보다 분명 더 중요하다는 것을
알아야 한다.

-아르투어 쇼펜하우어

12월 26일

예수께서는 그에게 말씀하셨다. "누구든지 손에 쟁기를 잡고 뒤를 돌아다보는 사람은 하느님 나라에 합당하지 않다."

-누가복음 9장 62절

참된 선행은 결코 자기 그림자인 명예를 뒤돌아보지 않는다.

-요한 괴테*

---

* 독일의 시인이자 소설가, 극작가(1749~1832). 독일 고전주의의 대표자로, 자기 체험을 바탕으로 한 고백과 참회의 작품을 썼다. 작품에 희곡 〈파우스트〉, 소설 〈젊은 베르테르의 슬픔〉 등이 있다.

"악의 뿌리는 진리에 대한 무지다"라 **12**월 **27**일
고 부처가 말씀하셨다.

이 뿌리에서 고통의 열매 천 개가 매달린 망상의 나무가 자라
난다.

무지에 대항할 수 있는 수단은 단 하나, 즉 앎뿐이다. 진실한 앎
은 개인적인 완성을 통해서만 달성될 수 있다. 결국 사회악의 개
선도 사람들이 더 높은 세계관을 습득하고 자신의 세계관에 따
라 행동하면서 스스로가 더 훌륭해져야 이루어진다.

그러므로 사람들이 더 훌륭해지기까지는 세계의 현실을 개선
하려는 모든 시도는 헛된 것이다. 즉, 각 개인의 개선이 세계의 현
실을 개선하는 가장 확실한 방법이다.

-프란츠 하르트만*

---

* 독일의 작가(1838~1912).

12월 **28**일   아무리 사소하고 작은 행동일지라도
항상 큰 목적을 위해 행해진다면 작
은 행동이 모여 큰 힘을 발휘할 수 있다. 특히 모든 목적 가운데
가장 큰 목적인 하느님을 기쁘게 하는 일이 그렇다.

-존 러스킨

그 자체로 독자적인 생명을 갖고 있 **12**월 **29**일
고, 사람이 의식적인 생활을 할 수 있
도록 하는 근원을 나는 사람의 정신 혹은 힘이라고 부른다.

사람은 이성으로 살아간다. 생명의 특성이 육체, 즉 내적인 힘을 내포하고 있는 그릇에 있다고 결코 말하지 말라. 사람의 모든 겉모습은 오직 이성의 힘에 의해 살아있다. 이성의 힘이 없는 사람의 겉모습은 직공 없는 베틀이나 서기(書記) 없는 펜과 같다.

-마르쿠스 아우렐리우스

창조된 것의 파멸성을 깨닫고 나면, 너는 영원히 변하지 않는 것을 볼 수 있다.

-부처의 가르침

하느님은 모든 것을 보시지만 보이지 않는다. 영혼도 모든 것을 보지만 보이지 않는 본체이다.

-탈무드

12월 30일

사람이 한번 가벼운 계명을 어기면
결국 중요한 계명을 어기게 된다.

"너 자신을 사랑하듯이 네 이웃을 사랑하라"라는 계명을 위반
하면 나중에는 "복수하지 말라, 증오를 품지 말라, 네 형제를 미
워하지 말라"라는 계명도 어기게 되며, "네 형제를 네 집에서 살
도록 하라"는 계명도 실천하지 않으면서 결국 피를 흘리게 될 것
이다.

-탈무드

올바로 발달한 정신의 소유자는 자신
이 무언가를 분명히 알고 있다는 사실
에 기뻐하기보다는 아직 모르는 것이 헤아릴 수 없이 많다는 것
을 자각하고 즐거워한다.

앎은 끝이 없다. 가장 학식 있는 사람도 무식한 농부처럼 참된
앎에서 멀리 떨어져 있다.

-존 러스킨

생명의 법칙에 대한 지식은 다른 어떤 지식과 비교할 수 없을
정도로 중요하다. 그중에서도 자기완성과 자기 보존의 길로 우
리를 직접 안내하는 지식이 가장 중요하다.

-허버트 스펜서*

---

* 영국의 철학자이자 사회학자(1820~1903). 다윈의 진화론에 입각해 사회 유기체설을
주창하고 사회의 발전을 진화론적으로 설명했다.

옮긴이의 말

1

레프 니콜라예비치 톨스토이(1828~1910)는 〈전쟁과 평화〉, 〈안나 카레니나〉, 〈부활〉을 쓴 위대한 작가이자 가난한 농민들의 자녀를 위해 고향에 학교를 세우고 관제 교육에 반대하여 〈민중교육론〉을 쓴 탁월한 교육 실천가이다. 또한 비폭력 무저항주의를 주창하고 국가의 무능과 종교의 위선을 질타한 불굴의 사회정치 평론가이자 사상가이기도 했다. 그의 수많은 업적은 동서고금을 초월해 인류의 가장 소중한 정신적 유산이 되었다.

인생의 의미와 진리 탐구를 향한 톨스토이의 열정과 도덕 윤리적 자기완성을 위한 노력은 남달랐다. 그는 항상 몽당연필과 작은 노트를 지니고 다니면서 순간적인 인상과 생각을 기록했고, 동서고금의 성현들의 글을 읽으면서 마음에 와닿는 내용을 발췌하여 삶의 지침으로 삼았다. 나아가 그것을 실천하고자 노력했다. 특히 1879년에 '정신적 위기'를 겪으면서 자신이 지금까지 쓴 난해한 작품(《전쟁과 평화》, 《안나 카레니나》 등)과 이른바 세계의 고전들을 비판하고, 보통사람들이 쉽게 읽고 생활에 도움이 되는 글쓰기에 주력했다. 성경을 비롯하여 세계 각국의 역사, 민담, 우화, 전설, 실화 등을 읽고 그것을 보통사람들의 눈높이와 러시아의 현실에 맞게 풀어쓴 것이다. 이 과정에서 민중의 깊은 지혜와 소박한 삶이 녹아있는 속담과 격언에 반한 톨스토이는 세계의 속담과 격언을 엮어 《속담과 격언으로 엮은 일력》(1887년)을 제자이자 친구인 블라디미르 체르트코프가 운영하는 출판사 '중개인'에서 펴냈다. 그 후 톨스토이는 자신을 비롯해 모든 사람이 날마다 읽고 마음에 새겨 생활의 지침이 되게 하는 읽을거리, 즉 세계의 속담이나 격언 외에 위대한 사상가와 철학자들의 명언을 뽑아 엮은 정신의 양식을 일력(日曆)으로 집필할 계획을 세웠다.

2

톨스토이는 러시아를 덮친 대기근(1891~1892)의 시기에 농민 구제 활동과 구휼 사업 등 바쁜 사회 활동으로 이 집필 계획을 미루다가 1902년 12월, 중병으로 병상에 누워서야 비로소 작업을 시작할 수 있었다. 그는 20년 가까이 성현들의 글을 읽고 발췌한 명언과 세계의 속담, 격언, 금언에 덧붙여 동서양의 종교 경전, 고대 및 현대의 사상가와 철학자들의 책을 다시 읽고 보석 같은 글귀를 뽑아 엮었다. 누구든지 매일매일 읽고 생각하기 위한 읽을거리를 만든 것이다. 1903년 8월 28일, 출판사 '중개인'은 이 원고를 받아 《매일매일 읽기 위한 현자들의 사상(Mysl' Mudrykh Lyudei na Kazhdy den')》이란 제목의 책으로 발행하여 75번째 생일을 맞이한 톨스토이에게 헌정했다.

그 후 톨스토이는 이 책의 내용을 수정하고, 국내외 작가들의 작품과 동서고금의 사상가들과 철학자들의 책에서 뽑은 글귀에 자기 생각을 덧붙여 매일매일 읽기 위한 방대한 일력을 만들었다. 이 책이 1906년에 간행된 《독서의 고리(krug Chteniya)》다. 1908년, 톨스토이는 매일의 읽을거리에 소제목을 붙이고, 다시 매주 하나씩, 매월 한 편씩 독특한 읽을거리를 덧붙여 《독서의 고리》

의 내용을 좀 더 유기적으로 편집하여 개정 증보판을 만들었다.

이 증보판은 국가와 러시아정교회에 대한 비판적인 내용이 검열에 걸려 톨스토이 생전에는 출간되지 못하다가 사후에 M. 사블린이 발행한 《톨스토이 전집》 중 14~17권으로 일부 내용이 생략되고 왜곡된 채 간행되었다. 증보판은 톨스토이 탄생 100주년을 기념하여 간행된 90권짜리 《톨스토이 대전집》(1928~1957) 중 제41, 42권으로 비로소 완전한 형태로 발간되었다. 그 후 옛소련에서 오랫동안 절판되었다가 고르바초프의 개혁 개방 이후 1991년에 정치문헌출판사에서 두 권짜리 단행본으로 출간되었다.

톨스토이는 기독교, 이슬람교, 유대교, 불교, 유교, 도교 등의 경전과 동서고금의 성현들의 수많은 책을 읽고 그 내용을 뽑아 엮어 일력을 만들면서 이렇게 말했다.

"내가 이 책을 엮은 목적은 여러 저자의 책을 그냥 직역하여 제공하려는 것이 아니다. 그들의 훌륭하고 풍부한 사상을 이용하여 독자들에게 더 좋은 사상과 감정을 일깨워주고, 매일 유익한 읽을거리를 제공하는 데 있다. 나는 내가 이 책을 엮을 때 경험했던 고귀한 감정, 그리고 지금도 매번 읽을 때마다 경험하는 고귀한 감정을 독자들도 경험하기를 바란다."

실제로 톨스토이는 라틴어, 영어, 독일어, 프랑스어, 터키어 등 많은 외국어를 읽고 쓸 줄 알았지만, 원전보다는 주로 영어로 번역된 책에서 다시 러시아어로 발췌 번역했다. 이 과정에서 톨스토이는 자신의 마음과 머리로 저자들의 글과 사상을 음미하고 재해석하면서 원문의 자구에 얽매이지 않고 자유롭게 옮겼다. 그 결과 톨스토이의 번역은 종종 원전의 의미와 다르기도 하다. 공자의 《논어》와 노자의 《도덕경》 우리말 번역과 톨스토이 원문 번역이 차이가 나는 것, 톨스토이가 굳이 원전을 밝히지 않고 저자들의 이름만 밝힌 것도 이 때문이다. 일례로 톨스토이는 노자의 도(道)를 이성(理性)으로 이해하여 옮겼다. 톨스토이의 의중을 헤아리며 그 차이를 음미하는 것도 이 책 읽기의 작은 즐거움이 될 것이다. 이런 의미에서 톨스토이의 일력은 성현들의 저술과 사상을 번역하여 단순히 집대성한 것이 아니라 그의 독창적인 예술작품이다.

3

이 책은 러시아의 마르틴 출판사가 발행한 《매일매일 읽기 위한 현자들의 사상》을 2012년에 우리말로 번역 출간한 《톨스토이와 행복한 하루》의 개정판이다.

앞서 언급한 《독서의 고리》는 이미 《인생독본》, 《인생이란 무엇인가》 등의 제목으로 우리말로 번역 출간되었다. 《독서의 고리》가 나왔음에도 이 책을 펴낸 것은 다음과 같은 이유 때문이다.

첫째, 톨스토이가 자신과 모든 사람이 날마다 읽고 삶의 지침으로 삼을 수 있는 '일용할 정신의 양식', '인생 잠언집'을 엮기로 마음먹고 만든 최초의 책으로 《독서의 고리》의 초간본 성격을 띠고 있다. 이 초간본에는 톨스토이 사상의 뿌리와 핵심(자연주의, 금욕주의, 비폭력 무저항주의, 염세주의, 아나키즘, 사랑과 선과 행복의 가르침, 진정한 종교와 신에 대한 탐색 등)이 간략하게 표현되어 있다. 또한 그가 좋아하고 관심을 가졌던 사상가들인 에픽테토스. 러스킨, 파스칼, 마르쿠스 아우렐리우스, 루소, 스피노자, 노자, 공자 등의 사상이 집중적으로 정리되어 있다.

둘째, 이 초간본에는 1900년을 전후한 톨스토이의 종교에 대한 관심, 즉 기독교(특히 복음서)를 비롯한 불교, 도교, 유교, 이슬람교, 힌두교 등 동양 종교의 경전과 사상에 대한 관심이 폭넓게 나타나 있다. 그는 어떤 종교도 절대화하거나 교조화하지 않고 다양한 경전의 가르침을 도덕 윤리적 자기완성을 위한 실천 지침으로 삼고 있음을 알 수 있다. 특히 노자의 무위사상과 공자의 정치철학에 관한 톨스토이의 관심과 빈번한 인용이 우리의 관심을 끈다.

셋째, 매일의 읽을거리가 대체로 한 쪽을 넘지 않는다. 우리는 풍부한 내용을 한 권으로 압축하여 만든 이 책을 항상 지니고 다니면서 언제 어디서나 그날의 읽을거리를 읽고 되새김질하면서 생각의 나래를 훨훨 펼칠 수 있다. 반면《독서의 고리》는 새롭게 덧붙여진 사회정치 평론 및 철학 사상의 내용이 너무나 복잡하고 방대하여 읽고 이해하기가 만만치 않으며 울창한 사상의 숲을 걷다가 자칫 길을 잃기가 쉽다.

나는 2007년에 연구년을 러시아에서 보내다가 모스크바의 허름한 책방에서 운명처럼 만난《매일매일 읽기 위한 현자들의 사상》을 구해서 매일 한 쪽씩 아껴 읽고 그 내용을 그날의 화두로 삼아 생활했다. 그해 3개월 동안 유럽 배낭여행을 하면서도 이 책을 주머니에 넣고 다니면서 종종 꺼내 읽고 행간에 메모하곤 했던 기억이 새롭다. 이 책을 우리말로 옮겨 소개해야겠다는 생각도 그 무렵에 한 것 같다.

톨스토이는 이 책을 늘 가까이에 두고 생각날 때마다 아무 데나 펼쳐 읽으며 그때마다 고귀한 감정을 느꼈다고 한다. 1910년 10월 28일 새벽, 톨스토이가 주치의와 야스나야 폴랴나를 떠나 마지막 여행길에 오르면서 챙겨 갔던 단 한 권의 책도 바로 이것이었다. 나도 여행길에서 이 책을 읽고, 또 우리말로 옮기면서 때론 마음의 위로를 얻고 때론 내밀한 기쁨을 느꼈다. 독자들도 시간이 날 때마다 이 책을 무심히 펼쳐 읽다 보면 마음의 금선(琴線)을 건드리는 글귀를 발견하게 될 것이다. 그때마다 톨스토이가 경험했던 고귀한 감정을 경험하고, 내가 느낀 마음의 위로와 기쁨도 느꼈으면 좋겠다.

2012년 《톨스토이와 행복한 하루》가 발간된 이후 독자들의 분에 넘치는 사랑을 받아왔다. 감사할 일이다. 나는 지금도 이 책을 날마다 아껴 읽으면서 성현들의 보석 같은 사상을 삶의 화두로 삼아 살고 있다. 이 과정에서 미진한 부분을 새롭게 옮겼다. 가끔 얼굴이 화끈거릴 정도의 오역도 있었다. 개정판 작업을 하면서 부분 수정을 넘어 완전히 새로 번역한다는 자세로 임했다.

세계적인 대문호 톨스토이가 우리에게 선사한 이 책을 읽고 또 읽으면서 하루하루 톨스토이와 함께 울창한 사상의 숲을 산책하시기를 바란다. 때론 행복하게, 때론 고통스럽게.

2025년 봄

이항재

오늘 하루, 톨스토이처럼

초판 1쇄 발행	2012년 2월 1일
개정판 1쇄 발행	2025년 5월 9일
지은이	레프 톨스토이
옮긴이	이항재
발행인	김태진, 승영란
마케팅	함송이
경영지원	이보혜
디자인	ALL contentsgroup
인쇄	다라니인쇄
제본	경문제책사
펴낸 곳	에디터유한회사
주소	서울특별시 마포구 만리재로 80 예담빌딩 6층 (우) 04185
전화	02-753-2700, 2778
팩스	02-753-2779
출판 등록	1991년 6월 18일 제1991-000074호

값 18,000원
ISBN 978-89-6744-294-1 03890